桐花祭

呂仁推理小說集

呂仁／著

【推薦序】最想念的，同一個花季

——呂仁的推理珠玉《桐花祭》

陳國偉（國立中興大學台灣文學與跨國文化研究所助理教授）

在同一個花季裡

認識呂仁，剛好是二十一世紀的開始，那時他來到南台灣的中正大學念碩士，二〇〇一年十二月，他成立了推理小說研究社，而這，已經是他繼暨南大學推理同好會後，創立的第二個大學推理社團了。

因爲呂仁的熱情，中正大學推理小說研究社，曾經擁有全台灣大學社團最好的陣容，一時俊彥雲集。除了他從暨大引介的曲辰外，包括紗卡跟我，都是在他的熱情邀約下，參與了這個社團。雖然我從很小開始就是推理小說的忠實讀者，但眞正積極參與推理迷的社群，則是從加入了中正的推理社團開始。

雖然呂仁對我以學長相稱，但我想在推理的道途上，他絕對是前輩。在當時，呂仁不僅規劃完整的社團課程，更帶領社員走出校園，我便是跟著他去參加了二〇〇三年台灣推理俱樂部第二屆的年會，而有緣在那裡初識了藍霄、凌徹、sens、Clain、冬陽、以及目前很多台灣推理作家協會的朋友。並從那時候開始，一同見證二〇〇四年之後台灣推理的繁華盛景，也曾經共同孕育一些夢想。也因此，後來我與幾個朋友成立了ＭＬＲ推理文學研究會，若要說這一切的因緣最早是由誰而起，那絕對非呂仁莫屬。

或許很多推理界的朋友都不知道，其實中正推研之所以在二〇〇五年會出版社刊《血色の邏輯：中正推理文學誌》，背後的催生者，其實也是呂仁。我便是因爲受到呂仁的熱情感召，後來並在曲辰的協助下，擔任了主編的工作。《血色の邏輯》至今創下了許多即使是後來商業出版的ＭＯＯＫ，都無法超越的創舉，它不僅是台灣第一本公開流通的推理同人誌，更同時收錄了台灣推理作家藍霄與紗卡的跨世代對談，還有國際格局的美國推理大師卜洛克與台灣小說大家駱以軍在中正大學對談的完整版紀實。

當然，更重要的，裡面還收錄著我個人對呂仁作爲小說家身分的初體驗、讓我驚豔不已的小說作品〈正命〉，這篇作品在謎團、結構與社會寫實性上，都是不可多得的佳作。尤其特別的是，這篇在二〇〇二年出現的作品，它已經超越了當時新世代推理創作者，先一步找到了推理小說在地化的可能性，這是相當難能可貴的。

然而，對於當代台灣推理小說發展，積極以創作實際參與、並且透過大學社團的平台作更基礎推廣的呂仁，何以在這一波新興起的台灣推理浪潮中，似乎顯得安靜而寂寞呢？

那些花兒，去哪兒了？

對於台灣推理小說的創作，我自己曾經試著透過學術研究的觀點，提出三個黃金時期之說。第一個黃金時期早在日治時期、一八九八年在台日人作家さんぽん在《台灣新報》開始連載以日文所寫的〈艋舺謀殺事件〉開始，可以說是接續著當時在日本已初具雛形的推理小說發展而寫就的，一直到一九四六葉步月出版《白晝殺人》後，由於台灣進入國府時期而告中止。第二個時期則是一九八四年林佛兒創辦《推理》雜誌特闢本土創作的專區，並在一九八八年舉辦林佛兒推理小說獎，透過林白出版社出版本土創作，而在時報百萬小說獎以推理小說徵文（一九八八至二〇〇〇），意外劃分出推理小說美學典範的權力疆界後，而告結束。第三個則是二〇〇二年台灣推理俱樂部舉辦的「人狼城推理文學獎」作為開始，二〇〇四年一月《野葡萄文學誌》開闢「推理野葡萄」專區刊載本土創作，到二〇〇九年舉辦跨國的「島田莊司推理小說獎」引爆新一波高峰，至今仍然有不衰之勢。

而在其中，呂仁意外的跨足兩個黃金時期。二〇〇二年他曾以〈正命〉這篇具有高度社會性色彩，謎團與最後的意外性都相當精彩的作品參加首屆的人狼城推理文學獎，但最後首獎從缺，他與林斯諺的〈霧影莊殺人事件〉共列為佳作。姑且不論其實以當屆或後來該獎的首獎水準來看，〈正命〉在當時絕對有得首獎的資格，但就本土推理的發展來說，呂仁當時已可以說正式出道。但當時本土推理小說的發表與出版環境，敲鑼打鼓的人多，但其實願意穩紮穩打經營的仍屬鳳毛麟角，再加上能發表的刊物相當有限，因此其實對本土創作者來說，相當辛苦。

而且其中最關鍵的影響是，其實在台灣對於歐美推理小說脈絡性的理解，要直到一九九七年詹宏志規劃謀殺專門店才開始，而日本更是要到二〇〇四年開始出版戰前的推理小說，才眞正肇始其端。因此就一個重新認識歐美與日本推理史脈絡的創作階段，一切都在重新調整，幾乎可以說是本土書寫典範全新的開始。但雖然如此，當時的本土推理創作場域中，其實瀰漫著相當限制的想像氛圍，對於風格迴異的創作，接受度有限。日本在明治、大正時期也有過類似的階段，但兩地迴異之處在於，在中島河太郎的經典史作《日本推理小說史》中，我們可以看見當時日本出現像是押川春浪的傳奇冒險小說、谷崎潤一郎的犯罪小說、村山槐多與佐藤春夫的怪奇幻想小說、岡本綺堂的捕物帳小說等各種類型的百花齊放，因此拓寬了日本推理的格局，豐厚其發展的土壤，才能孕育出後來江戶川亂步建構「本格推理小說」的基石。

相較於當時台灣創作者努力試圖要向島田莊司、綾辻行人、艾勒里・昆恩（Ellery Queen）甚至是約翰・狄克森・卡（John Dickson Carr）的風格效法，而大量的挪用各種推理文類中常見的戲劇性場面，呂仁的書寫風格，無甯是素樸的；而且這種素樸其實帶來一種親切的氛圍，用我們熟習的話語來說，那就是一種在地的、台灣的氣息。當其他新世代作家還在汲汲營營於透過類型的譯寫，建構出本格的形狀，呂仁其實很早就發展出屬於他自己的在地性；那是一種融合台灣人生活中的日常性，與略帶輕鬆幽默的解謎風味的慧黠。更重要的是，他不試圖走名偵探的路線，把邏輯與推理能力，「還給在日常生活中遇到謎團的平民百姓」，當然也把犯罪因由還給了具有眞實性的、生活在我們周遭的台灣人。

像在本書中收錄的〈桐花祭〉是取材自台灣獨有的地方文化節慶「桐花祭」，〈洋娃娃〉則是以我們小時候就已耳熟能詳的兒歌「妹妹揹著洋娃娃」，〈眞假店員〉中的3C賣場「燦發」則是挪用了台灣獨有的燦坤與順發。而〈上行列車殺人事件〉的靈感則是來自於台灣因爲地理環境而發展出的環島鐵路，上行與下行在方向概念上產生的曖昧；而〈情詩殺人事件〉不僅開場就出現了對我們來說記憶深刻的熊旅揚與「大陸尋奇」節目，故事更以台北市的街道空間爲場景。

但更重要的是，呂仁不僅在小說中重現台灣的地理空間，而是能夠讓在地讀者共鳴的具有地方感（the sense of place）的文化地理。更重要的是，他小說中的人物的思維、語言都是非常在地的；尤其是主角達霖和月理這對平凡夫妻，呂仁並不刻意設定他們是神探，而讓他們在遭遇生活中的謎團時，所思所言更具有一般人的親切感，當然也許因爲呂仁取材於自身，因此不管是小倆口的鬥嘴或打情罵俏，都無比的眞實。

正因爲如此，呂仁選擇了一條更爲素樸而不那麼喧嘩的道路他將自己的創作發表在當時已屬苦撐、但風格接受度更爲寬廣的《推理》雜誌上，將自己投身於爲台灣打造出第二個黃金時期的發表場域中，而這讓他出身於台灣第三黃金時期的創作空氣中，卻一路走回第二黃金時期的素樸傳統中。若要說他與八〇年代《推理》雜誌階段的作家的共通之處，便是在於他們都回應了八十年代對台灣創作者影響甚大的松本清張的寫實路線，以及對推理小說在地化的思考。既具有當代創作者的敏銳，呈現屬於當代的地方感，又能夠連結上台灣既有的書寫傳統，這就是屬於呂仁獨一無二的創作特質。

下一個花季

的確，呂仁一路以來的創作歷程，以及今日他集結而成的《桐花祭》，除了是一名年輕的台灣推理創作者，所交出的階段性成績外；更重要的是，它所再現的，其實是二〇〇二年以來台灣推理小說發展的歷史縮影。他的特質被忽略，其實代表的是台灣推理小說「在地性」問題的被忽略，但這其實是同屬於世界推理小說傳播網絡的亞洲國家日本、台灣、泰國，甚至是目前正崛起的中國、韓國在地作家，都必須面對的問題。

就像對台灣影響甚巨、也擁有相當高支持度的日本推理小說，許多推理讀者由於無法眞正掌握日本推理的內在脈絡，因此對於江戶川亂步、橫溝正史、松本清張等作家的認知，往往只能侷限於本格、變格、社會派等定位，卻絲毫不知其實這些作家其實都透過他們的創作，努力實踐著讓推理小說這個西方的文類，能夠在地化（日本化）：江戶川亂步透過明治時期以來日本的現代性經驗，將日本都市特殊空間性與犯罪結合，實踐屬於日本社會的市民正義；橫溝正史則是將歐美古典推理小說中原有的西方莊園空間中的階級關係，改造爲日本式的鄉紳家族，並引入日本在地的鄉野民俗傳說與庶民生活圖景。而松本清張所掀起的「社會派」，其眞正的意義在於通過現實主義的書寫，反映日本當時逐步進入高度經濟發展的過程中，市民／國民層級對於現代國家法律與公平正義的追求渴望，彰顯人的價值與意義。

也因此在這種情況下，呂仁所實踐的日常性書寫，其實別具意義，他尋找到了一個從台灣的日常世界，進入推理類型這樣一個訴求犯罪的架空世界的「入口」，展示出推理小說台灣性／在地性的可能。雖然大環境也許對他冷漠，但我相信正是因爲他不隨主流起舞，選擇獨善其身，現在我們才能看這本充滿熱情的《桐花祭》，這對台灣難得一見的夫妻偵探搭檔。

在呂仁所展示的這個花季中，我們已然看到在地性的曙光，如何爲呂仁的日常犯罪花景，進行了美好的光合作用。因此我由衷的期待，《桐花祭》代表的是呂仁上一個創作階段的盡情綻放，雖然開到荼靡、花事暫歇，但在接下來馬上到來的廿一世紀的第二個十年，呂仁能夠再爲台灣的推理創作，綻開新的一個花季。就像歲月梭巡、季節遞嬗，每每在我們的生命年輪上留下刻痕，而呂仁也能再以更多的新作，在台灣推理史上繼續留下重要的印記。

▼**陳國偉**，筆名遊唱，新世代小說家、推理評論家、MLR推理文學研究會成員，曾為中正大學推理小說研究社社員、社刊主編，現為國立中興大學台灣文學與跨國文化研究所助理教授暨「亞洲大眾文化與新興媒介研究室」主持人，並執行多個有關台灣與亞洲推理小說發展的學術研究計畫。

桐花祭
——呂仁推理小說集

目次

桐花祭

Tung Blossom
Festival

Tung Blossom
Festival

Tung Blossom
Festival

最近正忙著搬家，原因是在別處買了新房子。

從小到大搬了幾次家，每次都印象深刻，有搬過家的人一定都知道，因爲實在是——太累了。小時候幫忙爸媽搬家，長大後則自己搬家。

對於搬家倒是沒有特別的不捨情緒，記得自懂事以來的第一次搬家，是從北投搬到三重，那時是正要讀小學一年級的時候。在三重住了十二年，再度舉家搬到湖口，也正巧是高中畢業，剛考上大學的那一年，由於就讀的是中部的學校，因此就離家遠行了。

所以對於那種搬家或是轉學所造成的適應不良，我倒是完完全全沒遇過，算是運氣不錯的。

婚後由於工作的關係，與妻在捷運台電大樓站附近的一個小單位賃居，上下班倒也是十分方便。工作幾年後，兩人還是決定買下屬於自己的房子。

台北居大不易，就算是小公寓也非夫婦倆所能負擔得起，所以只能往鄰近郊區去尋找，最後在鄰近桃園火車站之處找到了窩，是一棟新落成的大型公寓，名爲「伍立奇大樓」，這個大樓型社區自然也就叫做「伍立奇社區」了。這裡距離台北頗近，生活機能也不差，搭火車的話只要三、四十分鐘車程，若要回湖口老家的話也差不多是這個時間，稱得上是十分方便。

對於新房子，我與妻都相當滿意，所以就趕緊在週末例假之餘將東西打包裝箱，以期盡快住進新家。電視冰箱這種東西自然是要搬的，嗜書如命的我當然也要把書通通帶走，妻在幫我裝箱整理時，甚至幫出火氣來了，她不能理解我的藏書行爲。

比方像是爲何我會有三本連城三紀彥的《寫給愛人的信》或是兩本山崎洋子《花園謎宮》。

「這是初版一刷嘛！而且這是直木賞的作品，據說是他的最高傑作耶！」我說。

「那幹嘛買到三本？」妻冷冷問道。

「我看它孤伶伶在舊書店很可憐，就買回來了。老婆，妳生氣了嗎？」我想安撫妻。

「買三本讓它們聊天作伴嗎？不是我要說你，這兩本《花園謎宮》是怎麼回事？」

「這是得到江戶川亂步獎的作品，而且你看，這本是一九八七年六月初版這本，書背上寫的是『日本金榜名著4』，可是一九八八年五月初版三刷的的這一本，上面卻寫的是『日本金榜名著3』，書系的編號居然在不同刷間變動，妳不覺得很奇妙嗎？」

妻搖了搖頭，索性不理我了，回臥室收拾自己的衣物去了。

一邊收拾，一邊細細品味這些書當時入手的經過，時間飛快，過了幾個週末之久，我們還沒把家搬完。爲此又受了家鄉長輩的責備：「還不快早點搬完，多住一天就要多付一天房租！眞是不會想。」

總之，在磨磨蹭蹭拖拖拉拉之下，總算是搬完家了。

在搬家過程中，有一件事是我一直提醒自己要去做的，就是「把底片用完」。約莫在四年前，因爲用慣的傻瓜相機無法正確顯示拍攝日期，便趁著流行而購置了數位相機，兩百萬相素在當時已屬一流，和時下動輒七、八百萬相素爲基本規格的相機當然無法抗衡，不過在當初算是高檔貨了。也因此就將家中傳統的傻瓜相機冷落一旁，最後收進櫃子裡，忘了它的存在。那天在整理東西時再度把它翻了出來，正打算把它登錄到網路上便宜拍賣，卻發現裡面還有底片沒用完。透過機體後的透明小窗格，得知這是一卷三十六張的富士底片，而電池卻已沒電了，打開電池座，幸好沒有流出廢電池液的現象，找出兩顆新的三號電池換上，按下開關，小小的液晶窗格顯示的是二十一。這麼說還有十五張沒照完，於是乎便特地找了個週末，偕妻到大溪老街走走，順便把底片用光。

伍立奇社區大樓雖是住宅區，但是在一樓的部分是有對外營業的商家，其中一戶就是照相館，這回需要沖洗相片，我就上那兒去了。老闆對客人很熱心，他看到我拿傳統的軟片，便向我推銷數位相機，我告訴他我已經有了，他就推薦我換一台新的，還說他憑著這台數位相機獲獎無數什麼的。我對他虛應故事一番，便溜了出去。

因為老闆太囉唆，所以我直到一週後，在妻的催促之下，才心不甘情不願地把相片拿回來。取回之後，我與妻一同檢視這批被我們遺忘有四年之久的相片。

有十五張是上週在大溪所拍攝的，其餘的相片卻勾起了許多的回憶。

那是四年前與當時還是女友的妻一起去苗栗遊玩所拍照的。

當年的行程，是從台北出發，順著中山高速公路，自苗栗交流道下，然後沿途欣賞美麗的油桐花，準備在公館的鄉間民宿過夜，第二天再前往大湖、卓蘭採果，然後返回台北。

桐花的色澤潔白，有五朵花瓣，在盛開時總幾十朵、甚至上百朵盛開在樹梢，遇風吹來，便如雪花般飄落地面，故有「五月雪」之美稱，而今年的桐花祭已是第三年舉辦，相關的活動辦得熱熱鬧鬧的，雖然整個活動長達兩個月，但每當遇到週末週日，各賞桐景點仍是車水馬龍，擠滿人潮，想想早在四年前我就已經去過了呢！現在的活動愈辦愈熱鬧，各地的協辦單位都挖空心思安排能吸引遊客的行程，像是油桐花寫生比賽、桐花林夜探螢火蟲、桐花燈會、油桐產業ＤＩＹ等等的，這麼美麗的風景，當然還有全國性桐花祭攝影比賽，要是得了金牌獎還可以獨得五萬元的獎金呢！

四年前的那次的旅程，是與另外一對情侶一同前去的，男的是我當兵時的朋友，女的則是妻的大學學妹，他們也是因爲我們的撮合才相識的。一路上遊山玩水，苗栗的風景區規劃得很好，路線指標都很明確，人潮又不會像有些熱門景點這樣每逢假日必定爆滿，所以非常適合安排短程旅遊。

翻著紙本的相片，還眞是不太習慣，畢竟長久以來已經習慣用滑鼠看相簿了啊！相片裡有我和妻的親密合照，也有泳傑那一對的相片，當然也有只以桐花取景的相片，滿地桐花眞是美不勝收，還有一張是路旁的小女孩將桐花別在耳際的相片，搭配著五月雪，那笑容眞是天眞無邪極了！還有正巧照到茶農在採收春茶的情景，低矮的茶樹與飄落的桐花，加上茶農的特有裝扮與竹簍，讓這張相片看來格外有趣。

突然，有一張陌生的相片映入眼簾。

相片中是一對男女，男的身穿米色V領套頭上衣，下半身是一條藍色牛仔褲；女性則是一襲白色長裙，搭配一件白底碎花細肩帶上衣。相片理的兩人都露出微笑，看來很幸福的樣子，背景是一片深綠色、長了青苔的石壁，上面則覆滿了雪白的桐花。

我左思右想，這兩位是何許人也呢？好像有那麼一點點的印象，卻無法將腦中那一絲絲的回憶喚起。

他們的相片共有三張，兩張合照，一張女性的獨照。

苦思半天，決定等妻下班後問妻。

心裡有疑惑，又無法馬上獲得解決，只得等妻回來，這麼一來，就覺得時間過得很慢。

妻總算回來了，我迫不及待拿著三張相片問她。

「啊！這是半路夫妻的相片嘛！」

「半路夫妻？」我疑惑道。

「你忘記了嗎？那一次是我們兩個，和泳傑他們那一對一起去的。」

「這我知道啊！柳泳傑和妳學妹嘛！」

「那次還遇到另一對情侶喔！你還記得嗎？我們那時還在猜爲什麼明明只有兩個人出門而已，卻要開兩部車，你猜他們是偷情，我則猜他們是剛剛才認識的。」

「對對，好像有這麼回事。」

「你總算想起來了，那時我還說，要是偷情的話也不必開兩部車，只要約在某處見面，再開其中一人的車就好了。」

「是這樣沒錯啦！可是還是可以開兩部車嘛！」

「的確，所以最後我們趁著幫他們照相的時候，問出我們的疑惑，結果還是我猜對了，他們兩個是剛認識，一見鍾情。」

「是一拍即合吧！」我直言道。

「你少沒情調了，一見鍾情不是比較浪漫嗎？」妻責備我。

「那這三張相片怎麼辦？貼在網路相簿上給人認領？」我想出了這個辦法。

「最好是這樣就可以找得到相片的主人啦！你這大頭鬼！」

我被妻罵得莫名其妙，卻只見妻躲進房間裡，東翻西找了半天。

「吶，你看這是當年留的住址。」妻遞出一張紙給我。

妻素有保留旅遊資料的習慣。她自一本大相本中，拿出一張放在相片格子裡的勝興車站介紹，翻過紙張的背面，是一行地址。

「台北縣蘆洲鄉……韓嘉霖。」我念道。

「你看時間過了這麼久，蘆洲都已經從『鄉』升格為『市』了呢！」

「這倒是。」我道。

「韓嘉霖，這是男生還是女生的名字啊？」

「看起來像是男人的，但是很難說，這名字有些中性，而且取男性化名字的女性也不在少數。」我說。

「當初留地址的人，是男的還是女的？我只記得當初是男的執筆沒錯，不過我不確定當初是男的寫，還是女的念給男的寫。」妻說道。

「那就不管啦！反正我們手上就只有韓嘉霖這位的姓名和地址，就只能這樣寄出去了。」我說道。

「那倒是。」

於是我拿出一張信封，填上地址，郵遞區號是247，寫上「韓嘉霖　收」，將三張相片裝入，並附上一張便簽，表明拖了這麼久才寄出去十分抱歉云云。妻把信封拿了去，在「韓嘉霖」的名字之後，加上一個「君」字，成了「韓嘉霖　君　收」，暗示這我們不能辨識對方是男是女，故以「君」代之。

除了三張「半路夫妻」的相片與上週前往大溪老街所攝的相片之外，所剩的就是當年與妻，與泳傑他們的相片，以及一些純粹拍攝桐花美景的相片了。

選出四人合照與風景相片，在底片上劃記準備再次加洗，這次洗出來的相片就先給他們了。此時妻又躲進房裡東翻西找，原來這次是要找泳傑的地址。

「泳傑的聯絡地址是……」妻一邊喃喃自語一邊翻找著。

「有了，在這裡！泳傑的地址在這裡。」

於是我便再寫一個信封，把泳傑的地址寫上，準備和「半路夫妻」相片一起在明天寄出。

舊相片這件事，處理完便拋諸腦後，畢竟剛搬完家，週邊環境都不熟悉，所以每日下班後，便與妻展開發現新環境的探索之旅。

哪裡有郵局、超市、藥妝店、醫院、電信局、居家修繕等等的各種生活上會需要的地方，以及精緻的簡餐店、耐坐的咖啡館等等，乃至於較近的週邊景點，這些都是要逐一花時間去慢慢勘查的。

這些事情，就佔據了我倆下班後的大半時間。

直到寄出相片的一週之後，我們才發現事情似乎不是這麼單純的。

事情是從一通無聲電話開始的。

有一日的晚上，電話聲響起，我接起電話「喂」了一聲，對方未應答，我又「喂」了兩三聲，對方仍未應答，我不以爲意，便掛斷了電話。

我告訴妻這件事，妻說大概是不小心打錯的吧！

對方在發現自己打錯電話之後，一聲不吭就掛上了電話，雖然很沒禮貌，但是這種狀況說起來也是合理的。

連續兩天晚上，都出現一兩通這種電話，我不禁感到怪怪的。

按理講，除了少數親戚好友之外，新家的電話應該沒有其他人知道，我們買的是新落成的房子，電話也是去中華電信新申裝的，這號碼以前應該沒有人用過才對。

這麼說來，撥這電話的人是眞的要找我們的囉？到底是誰呢？

嗯，想不到，繼續看電視。

電視新聞裡正播出著介紹桐花祭的消息，這個活動以往較有名的是在桃竹苗三縣市，今年的活動範圍北從新店，南至后里、南投，好像只要有種植油桐的地方都來湊熱鬧了，不過說實在的，大規模種植還是桃竹苗這三個客家縣市居多，而且到新店或后里賞桐花的話，應該也找不到薑絲大腸、客家粄條或是福菜肉片這種道地客家菜吧！想到上次吃過的客家小炒，豬肉、魷魚、豆乾、蔥、醬油、米酒這種奇妙的組合，混和在一起所創造出的絕佳風味，眞是令人難以抗拒啊！我禁不住嚥了嚥口水，又回想到四年前賞桐花時的情景。

我又想到，上次那對相片中的陌生男女，現在怎麼樣了呢？

結婚了？想必這突如其來的三張相片，一定給他們帶來了許多過去的甜蜜回憶。夫妻難免爭吵，要是這些相片喚起了往日甜蜜，說不定還會因此重修舊好呢！往這方面想，我就覺得是功德一件。

我把這個想法告訴妻，不料卻惹來妻的訕笑。

「你還敢說，萬一他們當年眞的是外遇，你現在不就破壞家庭了嗎？」

「不會啦！當初這個地址是他們給的，所以一定是可以安全寄送的地址。」這點我有自信，我比較擔心的是由於拖這麼久才寄出，對人家不好意思。

「那可說不定，那只能代表四年前這個地址是安全的，但在此時此刻可就難說了。就算他們不是外遇好了，那萬一兩人現在卻是各自嫁娶呢？那還不是會有家庭糾紛？」

這點我倒是從沒想到過，頓時啞口無言。

「你不要想這麼多了啦！反正我們就只是遵照四年前的承諾，把相片寄出去就對了，其餘的是福是禍，就順其自然吧！」妻平時雖很浪漫，此時卻很務實地說出了這些話。

「好吧！」我自覺有些沒趣，便不說了。

我一個人又想，在什麼情況會請別人拍照呢？現在數位相機既便宜又輕巧，人手一台是很普遍，若說四年前沒有這種環境，但當時的傻瓜相機也是價廉物美，也當屬居家必備用品。

想必是忘了帶相機。如果是特地出去玩，一定會帶相機，要是忘了帶，我會去買一台即可拍，這樣還是可以拍很多張，而不會需要麻煩路人，還要請他幫忙寄回來，萬一所託非人，或是遇到像我這種粗神經的，一拖就拖四年就不好了。

也有可能是本來沒有打算照相，所以沒有帶相機，但卻遇見突如其來的美景，不拍可惜。我把「半路夫妻」歸於這一類，他們既然是隻身旅遊，說不定是單純只爲散心，所以並沒有打算拍照，但是兩人一見鍾情，又遇見雪白的桐花美景，要是無法紀錄浪漫邂逅的當下，那就太可惜了，所以就請我們爲他們拍攝。

我想是這種狀況最爲可能。

電話鈴響。

「韋先生嗎？」電話的另一頭傳來低沉的男聲。

「是，請問哪裡找？」我說道。

「把底片交出來！」聲音突然變得很急切。

「什麼？」我楞了一下。

「把底片交出來！不然的話……呵呵呵呵……」

「你找誰？打錯了吧！」我反問道。

「沒錯，就是在苗栗所拍攝的相片，你該不會是忘記了吧！眞是貴人多忘事啊！」

「你是韓……韓嘉霖先生？」我好不容易才記起他的名字。

「你不要管我是誰，我要你手上的底片。」

「我不是把相片寄給你了嗎？要加洗你可以說嘛！我再加洗一份就是了。」

「你不要管，拿來就對了。」對方仍堅持道。

「喂，韓先生，你可搞清楚，雖然我拖了四年才寄出相片，對你很不好意思，但是好歹我這也算無償的行爲，你怎麼用這種口氣說話呢？」我不禁有些動怒。

「你管我怎麼說話，你給是不給？」對方實在是很沒有禮貌。

「你爲什麼一定要底片?」我耐住性子問道。

「喀」的一聲,電話斷了。

家裡電話並沒有「來電顯示」的功能,所以我也無從得知來電者的號碼。

我告訴妻這件事。

「那他怎麼會有我們家的電話?」妻疑惑道。

「當初我有留我們家的地址,不過照理說是沒有電話的啊!」

「你是到郵局寄平信?」妻問我。

「不,我寄掛號,因爲覺得拖這麼久才寄就已經很不好意思了,萬一這回再寄丟,就對他們更抱歉了,所以我寄掛號。」

「我就知道!」妻右手握拳,敲在左手掌上。

「嗄?」我莫名其妙。

「寄掛號時要是信封上沒寫寄件人電話的話,櫃檯人員一定會問,因爲他要在掛號回執聯上留下電話,以供查詢。」

「對喔,櫃檯小姐好像有問我電話。」

「那她有沒有叫你在信封上寫電話?還是她問你後幫你把電話寫在信封上?」

「我記不太清楚了，好像是她直接問我的，她把信秤重後就拿下去了，我看不到她桌面，當然不知道她有沒有寫上去。」我老實答道。

「你把掛號回執聯找出來我看，要是你留的是家裡的電話，那我想應該就是這樣沒錯了。」

於是我又找了半天，終於找到了。

在掛號函件執據上，寄達地是台北縣蘆洲市２４７，寄件人電話是……

果然，上面是家裡電話沒錯！

「你看吧！本姑娘料的不錯，正是如此！」

「要說『本夫人』啦！」

「這麼呆的丈夫，我不承認！」

聽到妻這麼說，我禁不住偷偷在心底受傷。

既然對方都掛了電話，說不定會有更激烈的行動，對方從信封上知道電話，自然也知道地址了，他會不會有進一步的行動呢？寄恐嚇信來？

結果我料錯了。

僅隔一天，我們又接到他撥來的電話，不同的是，這回是妻接的。

妻接起電話後，朝我招招手，示意我到她身邊，我聽妻的對話內容，就知道是他打來的。

「你要底片？……我不能給你耶，我不能做主，我先生不在家……不行，我不能決定，你晚一點再撥過來好嗎？……還是你留個電話，我請他回來以後給你回電？……先生……先生你聽我說……」

妻放下話筒，說道：「他掛了。」

「他還是要我們交底片？」我問道。

「是啊！可是他這次比較有誠意，他要用買的。」妻說道。

「買的？」居然願意出價買，眞令我驚訝。

「對啊！可是我說我沒有辦法做主，我說要等你回來才能決定。」妻邊說邊順勢靠在我身上，做出小鳥依人狀。

「那當然，這種大事還是要我來做主。」我有點飄飄然，問道：「那他出價多少？」

「他沒說，他直接叫我們開價。」妻說道。

「咦？那要開價多少？」四年前的底片可以賣錢，這可奇了。

「老公，這種錢你還眞敢賺啊？應該有問題吧！」

「會嗎？」

「當然會啊！你看他第一次口氣這麼差，第二次打來卻又想用錢解決，你不覺得很可疑？」妻說道。

「聽起來是有點問題沒錯啦！可是會有什麼問題呢？」

看著妻認眞起來的樣子，著實十分迷人。

「我想應該是半路夫妻後來分手了，我們現在寄相片給半路夫，半路夫覺得我們的相片會威脅到他現在的婚姻生活，所以就來把底片要回去。」

「不會吧！要是這次的相片會威脅到他，寄去的時候應該就已經造成了，我們又不可能再寄一次相片給他，所以他應該不是爲了這種事吧！」我說。

「唷！你還滿聰明的嘛！」

「那當然！」我志得意滿地說。

「啊！我知道了，老公這一定是有陰謀，你一定要阻擋啊！」妻像是突然發現了什麼，她繼續說道：「半路夫妻的確是分手了，可是半路夫拿到這些相片後，他同時知道半路妻現在生活美滿，或者不美滿也無所謂，他打算用這些相片來勒索半路妻！」

「對喔！有這個可能。那怎麼辦？要報警嗎？」我問道。

「老公，警察應該不會根據我們的猜測就受理吧！」

妻說的很有道理。

「說的也是，那要怎麼處理呢？眼見就要有一件案子發生了。」我又問。

「我們找偵探來怎麼樣？」

「偵探？偵信社的偵探？這樣還要花錢耶！而且又不是我們自己的事情！」我有點爲難。

「這樣的話，我有認識一個業餘推理愛好者，我們問她的意見怎麼樣？」

「有這種人？」我皺起眉頭。

「有，我大學時代的室友，她是推理小說愛好者，我請她過來，或是請她推薦適合的人選給我們？」

「眞的可以嗎？那不是都只是紙上談兵而已？」說實在的，我頗爲質疑。

「姑且一試嘛！」

「好，就這麼辦，聯絡你朋友吧！」

既然妻堅持，那就姑且一試吧！

電話鈴聲再度響起，我想了想，決定今晚不接電話。

妻很快就與昔日室友連絡上，她願意在兩天之後，帶一個朋友來我們家。

時間很快就過去了，終於到了約定的日子，妻到桃園火車站前接人，我則在家中準備水果茶點等候。

晚間七時前後門鈴響起。

妻與友人、友人的友人一行三人來到了家中，我招呼他們坐下。

妻爲我們介紹，她指向一位打扮入時的女性說道：

「這位年輕貌美的女生，是我大學時的室友，叫做凱薩琳。」

「怎麼是洋名？」我心裡納悶。

「當初加入社團時，因爲染了一頭的長髮染成金色，所以大家就幫我取了這個綽號，這是日本推理作家山村美紗筆下的美國女偵探。」凱薩琳自己開口解釋。

「不只是名偵探喔，還是美女偵探呢！」妻對我擠擠眼，補充道。

「失敬失敬，原來是名探駕到。」我作勢拱拱手：「那這一位紳士是？」

「我的名字不重要，只是個業餘愛好者而已。既然她叫凱薩琳，那麼便叫我濱口吧！」說罷他與凱薩琳相視而笑。

我與妻都一臉納悶，經凱薩琳解釋，才知道在山村美紗的作品裡，濱口是凱薩琳的男朋友，這也間接說明了這兩人之間的關係。

於是乎我們把整個事情的來龍去脈說了一遍，看看他們有什麼看法，並拿出昨天才特地去公司附近相館加洗的半路夫妻相片，作爲證物。

「我認爲這件事的資訊並不充足，不足以下判斷，但是我認爲你們推測有人想要勒索的可能性是存在的。」濱口說道。

「哦，我們的推測果然是正確的。」妻和我互望一眼，點了點頭。

「那倒不盡然，並不能確定半路夫妻中的哪一位想要勒索對方。」

「不就是半路夫——韓嘉霖想要勒索半路妻嗎？」凱薩琳問道。

「很難說，電話中的男聲並未證實自己是韓嘉霖，所以韓嘉霖也有可能是女性，她收到相片之後，指使男性友人替她打這個電話。」濱口解釋道。

「嗯，有道理。」妻說道。

我心想，這個凱薩琳好像也不怎麼靈光。

「所以現在就連韓嘉霖是『半路夫』或『半路妻』都不確定了嘛！」我說道。

「的確如此。」濱口說道：「除勒索外，還有一個可能，就是半路夫妻其中一人，現在是名人，所以不欲當年相片曝光，所以自己想把相片弄回來。」

「看這三張相片，看不出來是現在哪個知名演員或影視紅星，也看不出來以後是可以大紅大紫的那一種……」我一邊仔細端詳，一邊說道。

「要是官夫人或是豪門媳婦，這種就不是我們能認出來的了。」妻說道。

「正因如此，爲避免你們夫妻哪天想起螢光幕上的面孔熟悉，而間接使當年的一段情曝光，這也可能是他們欲取回底片的原因。一旦底片取走，就算你們想起來，也無從查證。」

「原來如此，如果是不常曝光的名人，我們現在看相片也不知道是誰。」妻說道。

「還有一種可能，是我亟不欲見到的情況。」濱口此時聲音突然嚴肅了起來，氣氛頓時變得緊張。

「請說。」我說道。

「你們可能在無意間，成爲了一件重大犯罪的證人。」濱口說出驚人的話。

「什麼？」

「我強烈懷疑，半路夫妻其中一人已經遇害，已經爲對方所害，而以先前電話是男性打來的事實看來，以半路夫殺害半路妻的可能性較高。」

「此話怎講？」凱薩琳替大家問出了心中的疑惑。

「我說個故事，你們聽聽看可能性有多高。四年前，半路夫妻在苗栗萍水相逢，在美麗的桐花之下一見鍾情，也請同爲旅人的賢伉儷爲其拍照，在你們和他們分開之後，不知爲何，爲了某種細故，兩人發生爭吵，進而其中一人無心或故意殺害了另一人，由於兩人是在旅途中相逢，過去也沒有任何交集，警方的偵辦自然不易追查，在當年這件案子是懸案，而今你們把相片寄給兇手，讓已逃脫四年的兇手頓時發覺危機出現。」

「那他四年前怎麼沒發現呢？」

「如果不是他粗心忘了還有相片留在你們手上，那就是即使他知道，但是你們遲遲未將相片寄出，導致他也不能追蹤相片下落。好吧！就算相片問題未解決，他還是安安穩穩過了四年，沒想到某天一打開信箱，發現這三張相片的大驚奇。」

「再加上信封上留的電話……」妻說。

「他自然要把底片要回去。」我接著說。

「那有沒有可能收件者是受害者呢？就是說，韓嘉霖是被害者，然後他或她的家屬想要相片來追蹤四年前韓嘉霖失蹤前的行蹤。」凱薩琳問道。

「不太可能，要是這樣，他們只要說實話，或是透過警方聯絡的話，兩位應該就願意提供底片以供參考，而非先以脅迫、後以利誘的手段來要回去。」濱口解釋道。

「這麼說，這個殺人兇手，正在覬覦我們手裡的底片了！」妻說道。

「所以你們得小心了。」凱薩琳說道。

這樣的結論，我倒是認爲可能性不高，不過要是眞的發生了，那我與妻的確是有點危險的。兩位業餘推理愛好者都這麼說了，我們也不能不認眞去看待這件事。

送走他們兩位之後，妻便顯得有點神經兮兮，搞得我都跟著緊張起來了，時間已是晚間十點左右，兩人坐在客廳裡互望，像是突然之間不知道要做什麼才好，此時一陣刺耳的電話聲猛然響起，我走到電話旁，準備接起。

「不要接！」妻尖聲叫道。

我被嚇了一跳，索性不接電話了，讓它一直響下去，對方久候自然會掛斷。

我走到妻子身邊，摟著她的香肩，在她耳邊輕聲安撫。

「不要緊張，親愛的，不會有事的。」雖我口頭這麼說，實際上事情會怎樣演變，我也沒有十足把握。

妻在我的安撫之下，逐漸平靜下來。

我於是把電話線拔掉，以免電話聲再度響起，又把妻嚇著了。

「我們去洗澡，泡個熱水澡可以放鬆心情喔！」我慫恿道。

妻點點頭。

倒了一包妻最喜愛的水蜜桃入浴劑到浴缸裡，點上一個香精蠟燭擺在浴缸旁，再放一張名爲「微醺時光」的爵士樂，當初在裝潢時就特意囑咐，要在浴室裝喇叭，然後和臥室的音響相連。果然這麼一來，就順利把妻的注意力全都轉移到「好好泡個澡」上頭了。

我先洗完澡後，把妻留在浴缸裡玩耍，正要到陽台把晾曬的衣物收回屋內時，突然聽見一陣鈴聲。

不會是手機鈴聲，我們下班後都習慣關機的；也不是電話聲，因爲剛剛我才把線拔掉；我順著聲音的來源找去，原來是門鈴聲！

這也不能怪我不認得自家的門鈴聲，畢竟才搬來沒多久，還沒和門鈴培養足夠的默契。

發現是門鈴聲後，我就開始緊張了。

這聲音可不能讓妻聽到，萬一她又激動起來就不好了。我往浴室的方向望了望，妻還在享受爵士樂水蜜桃浴，隔著門應該聽不見鈴聲，我鬆了一口氣。

那，我要不要去門口看看到底是誰在按門鈴呢？會不會我一接近玄關那邊，就出現子彈把我「砰砰」？然後把四年前的犯案底片給拿走？這樣的話，我心愛的妻不也有危險？不行，我絕不能讓這樣的事情發生！

門鈴再度響起，把我從好萊塢懸疑驚悚片中喚醒，我得去應門，以免等一下妻洗完澡出來，聽到門鈴聲又窮緊張。

我躡手躡腳地走近玄關，小心翼翼地不發出任何聲響，把眼睛湊到門上小孔，透過小孔看過去，一張被放大的滑稽臉孔在門前晃動，是張似曾相似的臉孔，費了大半天勁，我才認出他是我們對門的新鄰居陳先生，而不是四年前遇見的韓嘉霖。

「有什麼事嗎？」在門上鐵鍊未取下的狀況下，我將門拉開一個小縫，門上小孔看不出他附近是不是還有人，還是小心爲上好。

「你們的電話怎麼老半天沒人接？電鈴也按半天才開門，有要緊事怎麼辦？」居然一開口就責備我。

「呃，今天家裡電話有點問題，抱歉抱歉，您是要通知我什麼事情？」

他從門縫塞進一張紙。

「拿去，這是開會通知單，細節你自己看，我撥了好幾次電話又在你家門口站很久，已經浪費夠多時間在你們這一戶上了，我還有別家要通知。」說罷陳先生掉頭就走。

被莫名其妙搶白了一頓，想回嘴時對方卻跑了，只得摸摸鼻子，將門重新帶上鎖好，回到客廳坐下，才發現他遞給我的是一張「伍立奇社區大樓管理委員會」的開會通知單，依據公寓大廈管理條例什麼的……。我們這個新社區才剛剛落成交屋，住戶陸陸續續搬進來，原來現在是要組織管理委員會啊！開會時間就訂在明天晚間七點，這也難怪剛剛他會這麼急著一定要趕在今天通知我了。原來剛剛的電話都是他撥的，想到這裡，我又把拔掉的電話線給接上。

虛驚一場，眞是的。

妻這時洗得香噴噴從浴室出來，我告訴她要開管理委員會這件事，先前的電話應該也是陳先生撥過來的，我要妻不用緊張，妻只點了點頭表示明白，此時妻走向我，整個身體軟綿綿朝我躺了過來，我親了她的臉蛋，還有水蜜桃的淡淡果香，眞不賴。抱起妻，準備往臥室走去，此時缺德的電話鈴聲再度響起。

剛剛就該想到會有這段浪漫劇情的，我怎麼會呆到把電話線又給接上呢？令我懊惱不已。於是我把妻放下，讓她坐在腿上，伸手過去準備接起電話。妻伸手按住我。

「不要接。」還是那句話。不同的是，此時妻的聲音柔情似水，甜得讓人骨頭酥麻，我幾乎要放棄接起電話的念頭，但我轉念又想起，這會不會是剛剛對門的陳先生臨時想到什麼要再通知我呢？要是我不接，他會不會又跑來按門鈴？依他緊迫盯人的韌性，嗯，現在趕緊打發他總比等一下衣衫不整還要應門來得好。

抗拒溫柔鄉的強力誘惑，被我加諸鋼鐵意志的右手緩緩接起了電話。

「喂，找哪位？」我盡量使自己語氣和緩。

「唉呀！韋兄！您可眞難找，怎麼？您夫人告訴您我願意買底片的事情了吧！」

是韓嘉霖！竟然在我最鬆懈的情形之下打過來。

我身體僵硬了一下，表情也轉趨嚴肅，妻發現了我的不對勁，她應該也想到是誰打來的了，於是妻緊緊摟住我。

「這件事我知道，你想出多少價錢來買？」我想多說點話，可能可以套出他的企圖。

「我對於這件事是很有誠意的，所以讓你開價，你說如何？」

對方這樣說，我根本無從得知他要底片做什麼？能爲他帶來多少好處。照理說他願意花愈多錢來買底片，表示他可以從底片獲取愈高的利潤。像他這樣什麼都不說，我怎麼會猜得到呢？

「喂，你怎麼不說話？」

不是我不說話，是我不知道要說什麼啊！

「反正過去的底片你留在手邊也沒用，給有用的人不是比較好嗎？」他試圖說服我。

哼，你在打什麼壞主意難道我會想不到嗎？

「你只要那三張相片的底片就好？」我問道。

「什麼？你怎麼會知道我要哪幾張？不行，我全部都要。」

出乎我意料的，他竟然整捲底片都要，該不會是他不想讓我們知道重要的是哪幾張吧！

「整捲都要比較貴喔！」我像個奸商一般，趁機抬價。

「這我當然知道，你想清楚，出個價吧！」他說。

「嗯，我想想，好吧！我想好了。」我心一橫：「那就十萬吧！」

我心裡打定主意，要是他嫌我開價高，底片在我手上，這可是賣方市場；要是他嫌低，那也好，我平白多賺十萬也不賴。

他的反應卻是我萬萬想不到的。

「哈哈哈哈！哈哈哈！哈哈哈！」他一連笑了一長串：「我這最多也才……哈哈，不說了，看來你以爲遇到財神了是吧？我只能說，你想得太美了。」

「價錢我們可以再談。」我想看看他會怎麼說。

「哈哈，再談？再談也談不出什麼屁！我看你還是另外找凱子吧！」他惡狠狠地說道。

「喀」的一聲從電話那頭傳來，我耳膜都痛了，可見他掛得很用力。

這個謀殺嫌犯，爲了取回可以定罪的底片，應該不會嫌十萬元多才是，對他而言，這應該是非常重要不惜生命要取回的東西才對啊！

今晚我可眞是諸事不順，先是被新鄰居罵了一頓，現在又被不知哪裡冒出來的混帳給罵了一頓。回看仍是在我懷裡溫馴的妻，水蜜桃香依舊，但經過了這件事後，我卻怎麼也提不起興致。把她抱回臥室，正想與妻討論一下這件事，妻卻翻過身去說很累要先睡了。

我今晚眞是倒楣透了。

隔天。

下班後返回家中，通常是與妻相約在台北車站，然後一同坐車返家的，不過由於妻今日與她的好姊妹們有約，加上今日晚間有社區管理委員會要召開，所以我只得自己先回來。

捷運、電車、小巴士，沒有妻與我鬥嘴相伴，一路上我昏昏沉沉猛打瞌睡，最後總算是在沒有坐過站的情形之下到家了，返回大樓，照例要到大樓的信箱去取信。

打開信箱，一封信橫躺在信箱底部，拿起一看，映入眼簾的是熟悉的字跡，「韓嘉霖　君　收」幾個大字映入眼中，除此之外，信封上還蓋了一個手形的印章，手的食指上寫著「退回」兩字，理由則是「遷移不明」。

我呆了半晌，才發現這封信就是我寄給半路夫妻的嘛！

這封信居然被退回了。

那麼，他們根本就沒有收到這三張相片了。

這麼說來，到底是誰來要底片的？先前的推理，完全錯誤了嗎？

難道說……難道說……我在心中不停尋思，突然靈光一閃，我知道了！

「柳泳傑，你這個渾蛋！」

我在家中來回踱步，心想妻怎麼還不回來，我迫不及待想把我的發現告訴妻了。

於是我開始回想，這件事到底是怎樣發生的呢？

起因於四年前我們幫陌生人照了幾張相片卻忘了寄，直至四年後的今天才發現，於是寄出，但卻發生了一連串的事件。

我們很自然會想到是因爲韓嘉霖這對半路夫妻所引起的，所以討論的範圍終究集中在他們身上。沒想到完全不是這回事。

心裡想的都是這件事，結果差一點連要開社區管理委員會的事都給忘了，直到對門的陳先生要準備出門開會時，按門鈴提醒我，我才想到還有這件事，如果眞的沒去開還好，因爲去開了會，卻沒放心思在會議上面，直到散會時才有人告訴我，我居然被推選爲社區管理委員會的主任委員了。

天啊！居然接了一個吃力不討好的工作。

晚間九點多，妻總算回來了，我將我的推論告訴她，妻凝神傾聽。

「我認爲我們是當初是完全搞錯方向了，這件事是因爲我們寄出相片所導致的沒錯，但實際上我們在寄出時，除了寄給半路夫妻之外，我們同時也把柳泳傑他們的相片寄出去了。而這件事，我推測就是柳泳傑幹的。」我說道。

「有這種事？我當初怎麼會沒想到呢？」妻很疑惑：「可是泳傑要是要加洗相片或什麼的，直接告訴我們就好了啊！何必搞這種手段呢？」

「這很難說，畢竟和泳傑也已經兩三年沒聯絡了，他現在變成什麼樣子，我們也無從得知，說不定，我們對半路夫妻的推測，是對應在泳傑他們身上的啊！」我突然想到有種可能。

「那……那玉曄不就有危險？」妻說道。

「誰？」我一時想不起來妻口中的名字是誰的。

「王玉曄啊！就是柳泳傑的女朋友嘛！」

「我忘記她的名字了，只記得不是個討人喜歡的女孩子。」

「你怎麼這樣講嘛！人家泳傑喜歡就好了。」

話是這麼說沒錯，他喜歡誰與我何干呢？

「那怎麼辦？」妻問我。

「我們對於半路夫妻的推想，雖然可以適用在泳傑和玉曄上，但是他們這一對和半路夫妻不同，我們可以直接連絡到他們啊！只要他們兩個還都活著，就不會有什麼謀殺案的問題。」

「好，那我聯絡玉曄的朋友，你聯絡泳傑的朋友。」妻分配工作。

基本上我是不相信這兩個人會遭遇到什麼不測，即使是再沒有聯絡、感情再不好的朋友，要是不小心掛點了，這消息還是會從四面八方傳進耳裡。但我們還是打電話去求證了。經過了小心翼翼與拐彎抹腳的詢問，我與妻得到的答案都相同：就是兩個人都活得好好的。

這麼一來我可火了。

就算現在沒聯絡，畢竟曾經是好朋友，要底片還用這種奇怪的方法，搞得妻與我神經兮兮的，眞是太令人生氣了。

於是乎我們決定打探個清楚，然後再找他算帳。

撥了柳泳傑的手機，結果竟已是空號，我心想那正好，我們決定明日下班後去他家找他，當面問個清楚，讓他想躲都沒辦法躲。

翌日下班後，我與妻相約在台北車站，搭上聯營的39號公車，柳泳傑的家在三重，越過忠孝橋跨過淡水河就到了，以前曾經去拜訪過，因爲十分好找，所以要怎麼走的印象還在。在正義北路下車，與妻到三和夜市隨意吃過晚餐，準備登門造訪柳泳傑。

按下門鈴，報上姓名，令人意外的是，他沒多說什麼就開了門。

一進門，他引我們進客廳坐下。

「韋兄，韋嫂，要過來怎麼沒先撥個電話過來？」他說。

「這樣才能給你驚喜嘛！特地過來敘敘舊呢！最近過得還好嗎？」妻說道。

昨晚我就與妻商定，我們先不露聲色，看看柳泳傑他會有怎麼反應，雖然我與妻都覺得是他在搞鬼，但是還是再確定一些比較好。

「還不就這麼回事？過日子嘛！倒是你們呢？」他答道。

「也還好啊！前一陣子搬家比較忙就是了。」妻說道。

「我們搬到桃園了。」我說。

「嗯，我輾轉聽朋友說過，而且你們上次寄相片來地址是桃園的，我也注意到了。」他說。

他主動提到相片了。

「聽說你和玉曄……」妻故意不問完，看看他會不會露出馬腳。

「我們分手了。」他很坦白的說。

哼！就是因爲分手了，你才想用相片來要脅玉曄吧！難怪要向我們強索底片。

「那你還好嗎？」像個三流的新聞記者，妻問著揭人傷痛的問題。

「都過去這麼久啦！那時當然是很難過的。」泳傑的語氣倒是很平和。

當然平和，我又想，都已經可以要脅昔日愛人了，當然是沒多少感情啦！

「倒是賢伉儷感情越來越好囉！焦不離孟呢！」他說。

「你別老扯到我們，你說說你自己。」他一直不講重點，我就急了。

「我？我要說什麼？你們不是來敘舊的嗎？換我問你們啦！」

「我們沒什麼好多說的啦！婚前交往七年，婚後兩年，九年如一日，感情還是甜蜜蜜的呢！」妻說道。

「沒想到你和玉曄分手了，前些天還把你們過去的相片寄給你，眞抱歉，害你觸景傷情了。」

雖然有點在傷口灑鹽的味道，但是誰叫他是我們的頭號嫌疑犯，所以我還是把話題往這裡帶。

「那沒關係的，我想你們也是不知道才會把相片寄給我的，所以我不介意。」

「那……那你要底片嗎？」妻輕聲問道？

「我？我要底片幹嘛？」泳傑看起來是一臉疑惑。

我還想問你咧！我在心裡說道。

「我想說不定你會想要加洗、放大或者什麼的。」妻又說道。

「沒的事，實不相瞞，你們寄給我的相片，我看過之後就寄給玉曄了，一張都沒有留下來。」

「嗄？」我與妻同呼出聲。

我連忙從妻的皮包裡拿出底片，在他眼前晃了晃。

「那麼。你是眞的不要底片了？」我疑惑道。

「當然，我和玉曄已經是過去式了，我也不想再留戀了。」

看泳傑的樣子，不像是在說謊。

「所以問題出在玉曄那邊了。」我對妻小聲說。

「我想也是。」

「那玉曄那邊收到信，若要底片應該會找泳傑才對啊！怎麼會找我們呢？」

「我也奇怪，怎麼會這樣？」

看我們竊竊私語，泳傑開口問道：

「韋兄，你們在說什麼事情？」

「你把相片寄給玉曄，是什麼時候的事？」我問道。

「相片是寄掛號，白天無人在家，所以郵差丟了一張領取掛號通知單在信箱裡，我隔天就去郵局領，我當場就拆開來看，看完也沒帶回家，就直接寄給玉曄了。」

「你隨身帶著玉曄的地址？」

「她地址很短，很好記。」

「你就用自己的名義寄給她了？」

「沒有，我還是用韋兄的名義寄出去了。」

「爲什麼？」

「這是你們幫我們加洗的，我怎麼好意思掠人之美，假裝是我洗的呢？再者，既然我們都已分手，我要是再寄合照過去，是不是在暗示我還眷戀著過去？給人這種甩不掉的橡皮糖感覺，我何苦呢？」

這兩個理由倒是言之成理。

「所以你就在寄件者那邊留我的電話地址？」我問道。

「沒錯，我就照抄韋兄您的資料上去了，我想她也認不得你的字跡才是，所以她要是收到，應該會認爲是你寄的。」

「原來如此！好吧！你的嫌疑現在暫時是洗清了，你現在給我王玉曄的住址。」妻說。

「嫌疑？」泳傑益發莫名其妙了。

「你別問，地址告訴我就是了。」我說道。

「她的地址是……」

約莫三十分鐘後，我們來到玉曄位於士林住處的樓下，根據泳傑告知，玉曄住三樓，一樓有家便利商店，而且妻以前也來過，因此十分好找。剛剛我特意詢問玉曄的地址，是想確認是否眞如泳傑所言，玉曄地址很短很好記，這點泳傑倒沒扯謊，他輕易的就背出玉曄的地址。

我們在一旁的三十五元咖啡店，點了一杯咖啡，坐了下來。

「你覺得泳傑有說實話嗎？」我問妻。

「我覺得有。」

「怎麼說？」

「如果就像先前我們討論過的，泳傑想要底片，大可直接向我們要，不需這樣拐彎抹角，而且我覺得泳傑說話時的眼神，看起來很誠懇。」

「我是對於眼神沒什麼研究啦！可是我也是覺得他用不著大費周章來拿底片。」

「那現在呢？」妻問我。

「都來到這裡了，直接殺上去囉！」我說道。

「嗯！」

按下電鈴，說明來意，玉曄讓我們上樓了。

「學姊！怎麼突然來找我？」玉曄見到妻就把她抱住了，顯得十分熱情。

「放開，這是我女人，要抱她得先問過我。」我開玩笑道。

「學長，你怎麼這麼小氣啦！好啦！學姊還你。」說罷她便鬆開妻。

雖然玉曄不是我的學妹，但是妻是她的學姊，所以學姊的先生，也就很自然地叫學長了。

「伯父伯母呢？」妻問。

玉曄的家我是第一次來，妻則來過，看來玉曄以前是和父母同住在這兒的。牆上掛了好些張裱框的相片，有風景照，也有人物照。

「他們搬回鄉下去了。」

「哦，那你一個人住這麼一間房子不寂寞啊？」我問。

「他們之所以會搬回鄉下，就是要把這間房留給我……」，她頓了一下：「還有我先生。」

「妳先生？」妻很驚訝。

「嗯！」

「妳結婚了？」

「還沒啦！我們就快要結婚了，應該是……」，她又出現遲疑的口吻：「明年中吧！」

現在同居已經不是什麼新鮮事了，倒是玉曄兩度停頓的話語，頗為奇怪。

「那妳先生呢？」妻又問。

「濠昇去找朋友了，晚點才會回來。」

看來濠昇是她先生的名字。

「喔！前些日子聽說你和泳傑分手了，還嚇了我們一大跳呢，想當初你們感情那麼好……。」

我話還沒說完，就被妻用手肘撞了一下，我一痛，就把到口的話縮回去了。

「泳傑……他還好嗎？」

「好得很，還沒結婚。」說罷我又被妻撞了。

「這樣啊！」

「你們沒聯絡啊？」妻問道。

「沒有，我們兩年前分手後，就再也沒有聯絡了。」

「為什麼？」我問。

「當初並不是平靜的分手，我先生當初追我追得緊，我們陷入三角戀，我先生與泳傑也有過很大的爭執，後來泳傑受不了這樣的關係，就決定放手了。現在想起來，都是我不好，我不該腳踏兩條船的，造成三個人的傷害。」

從玉曄的語氣，能夠感受到一些些壓抑的情緒在內。不過我想還是趁她先生還沒回來以前多問一些。

「回想起我們四個上次出去玩，已經是四年以前的事了。」我說道。

「我想想，嗯，是不是去清境農場那一次？」玉曄問道。

泳傑不是才寄相片給他過嗎？難道說，她沒收到？

「不是啦！那是更早以前的事情了。最近是去苗栗看桐花那一次。」妻說。

「喔！我想起來了，最近桐花祭很熱門呢！」玉曄像是想起來了，她伸手到桌子底下，「這裡，這還有一本我先生去索取的『客家桐花祭導覽手冊』呢！」

我接過手冊，並故意試探：

「是啊！我們寄給妳的相片妳有收到嗎？」

「相片，有嗎？四年前的事，我記不清了。」

「不是不是，我們最近才寄的。」

「哦！」

「因爲我們最近才把相片洗出來，所以拖這麼晚才寄。」我裝作很不好意思。

「啊？我沒收到！你們寄到這個地址嗎？」她看起來很驚訝。

「是啊！」

「咦？」

「信沒有退回我們家耶！我寄掛號，所以一定是有人領走了。」我堅持道。

「哦！可是我眞的沒有收到耶。」玉曄與泳傑一樣，露出無辜的表情。

這到底是怎麼回事？

這兩個人一定有一個人說謊。

若柳泳傑說謊，就是他收起相片，推託說已經寄給王玉曄。可是稍早的時候柳泳傑並不想要底片啊！若王玉曄說謊，她爲什麼不敢承認收到相片？她先生現在不在這裡，承認她收到與泳傑的合照，過去曾有過一段情，爲什麼不承認呢？

我想不透，可是此時又不方便與妻討論。

「這樣啊！那不提泳傑了，反正都過去了，那你老公怎麼樣？」妻問。

「他還好啦！」

「他是藝人嗎？」

「當然不是？」

「那他是官員嗎？」

「官？怎麼會？妳哪裡聽說的？他在私人公司上班啊！」

「那是企業家第二代囉？」

「不是啦！哪裡來這麼浪漫的想像？他是領人薪水的小職員而已。」玉曄回答。

「喔，那說說妳的工作吧！」妻帶開話題。

「還好，最近辦公室來了一個新科長……」

我左思右想，要說柳泳傑或是王玉曄這兩個人有一個人作假騙我，我是看不出來，至少我沒看出破綻，既然從表面上看不出誰有問題，又無法從動機去推測誰有問題，我們夫妻偵探可眞正觸礁了。嫌疑犯就這幾位，半路夫妻、柳泳傑、王玉曄，在這幾個人裡，難道聰慧如妻、精明如我會找不到嫌犯？眞是太傷我的自尊心了。

妻與玉曄還在閒聊，現在正講到辦公室的花邊新聞。

我翻看手上的桐花祭導覽手冊，有名人看桐花、桐花的植物介紹、簡單的客語教學，還有就是我前一陣子在電視上看到的桐花祭攝影比賽。手冊裡的路線包含大半個台灣，我興致勃勃地翻找著我們四年前遊賞的路線。

有些女人的閒聊男人實在插不上嘴。看完手冊，我隨意瀏覽這客廳，這是一個約莫十坪大的客廳，其中一面牆是電視與音響的櫃子，旁邊的櫃子裡還有幾張相片，還有幾個獎牌在櫃子裡。

我感到好奇，但妻和玉曄正在說話，我不便任意走動，因此我伸長脖子往那處看，卻只看的見獎牌中間「金牌」、「銀牌」的字樣，看不出是什麼獎。所以我只好假裝要借廁所，經過櫃子時，刻意注意那什麼樣的獎牌。

原來，那是攝影比賽的獎牌！

刹那間福至心靈，我靈光一閃，啊哈！一切謎底都解開了。

再度投入妻與玉曄的話題中，過了不久，一陣鈴聲傳來，原來是門鈴聲。

玉曄顯得有些緊張，原來是她先生回來了。

「濠昇，這兩位是我的朋友，姓韋，今晚過來坐坐。」玉曄向她先生介紹我們，接著轉向我們，「這是我先生，姓程，啓程的程。」

「程先生，你好。」我伸手致意。

她先生也伸出手，但卻不發一語，只是朝我點點頭，然後便走出客廳。

然後我便示意妻該走了。

「玉曄，這是上次去苗栗的底片，既然妳沒收到，那就留給你加洗好了。」我拿出底片，遞給玉曄，同時加大音量說話，使她先生也能聽見。

玉曄遲疑了一下，「我該要嗎？」

「妳就留下嘛！總是個回憶。」妻慫恿道。

玉曄便順從地接下底片。

「反正我們寄給妳的相片也寄丟了，也沒退回來，所以妳就留著吧！」我又高聲說道。

「喔。」玉曄點頭，並朝她先生的方向看了一下。

於是我與妻便告辭離開。

在回家的路上，妻問我：「你爲什麼要把底片留給玉曄啊？」

「給她加洗啊！」

「咦？是這樣嗎？」

「呵呵，就是這樣囉！」

「看起來她好像有點怕她先生喔？」

「是啊！講到她先生就怪怪的，玉曄好像有些怕他。」

「唉！這是玉曄自己的選擇，現在也怨不得別人。」

自拜訪泳傑與玉曄後沒幾天，我們又收到一封信。

與上次一樣，也是一封退信。

原來這一封退信的原因是：查無此人。

這一封是寄給玉曄的，一時間我們還納悶，這信封上的字跡不是我們的啊！難道是有人用我們的名義寄信？想到這裡，才想到那天泳傑說過，他爲了避免困擾，所以就用我們的名義將相片寄給玉曄了。

「所以這字跡是泳傑的囉？」妻問道。

「說實在的，我認不出來。」

「怎麼會查無此人呢？玉曄明明就住在士林沒錯啊！」

「是不是地址寫錯了？。」

「不會吧！泳傑那天還告訴我們玉曄住哪裡，怎麼會寫錯地址呢？」

事實勝於雄辯，經過我們查證玉曄的地址，玉曄是住在一一〇號，而這信封上寫的阿拉伯數字看起來卻像是一七〇號，差了足足六十號，我想這樣會「查無此人」也是正常的。

由於字跡不清的關係，我們不能分辨究竟是泳傑眞的搞錯了玉曄的地址，或者是泳傑沒眞想把相片寄給玉曄，所以故意寫了一個錯的地址，讓信退回我們家。

總之，我們寄了兩封裝有相片的信出去，結果卻雙雙回到手上。

這麼一來，問題就出現了，神秘電話客到底是誰呢？

這把我所有的推論都給推翻了。

我們原本以爲，這件事是半路夫妻其中一人搞的鬼，想要藉由往日的一段情去勒索對方、或是防止被底片持有者勒索。後來經由凱薩琳與濱口的推理，我們幾乎要以爲有個殺人犯正虎視眈眈我們的底片。但自從收到寄給韓嘉霖的退信時，這段推理完全瓦解。

於是我們進而懷疑收到相片的另一個人——柳泳傑。經過確認泳傑與玉曄都還活著之後，我們去拜訪泳傑，得到他把相片寄給玉曄的結果。循著這條線，我們找到玉曄，令人疑惑的是，她並未收到相片，而玉曄的先生也並非小開或名人，實在看不出有勒索的可能。

但從玉曄先生所得到的攝影獎牌，我總算找到一個需要底片的動機。

我的推測是，泳傑寄出的相片是寄到了玉曄家沒錯，但是卻被她先生從中攔截，他發現了過去玉曄的情人，不管是爲了什麼原因，可能是出於嫉妒，不希望玉曄想起那段情，因此就不告訴玉曄收到信這件事。而我們所拍攝的相片中，除了兩對情侶的相片之外，還有一些純粹的風景照。

在玉曄家，我看到她先生嗜好攝影，並且得到許多獎牌，我們的相片在我看來十分普通，但是透過專業攝影者的眼光，說不定這是外行人亂槍打鳥拍照所出現的傑作也說不定，後來我去翻那些風景照，有些還拍得眞不錯。同時我由桐花祭導覽手冊中看到攝影比賽的簡章，上面規定必須以六乘八的規格參賽。於是我認定神秘電話客是她先生，因爲我們寄出的相片尺寸是四乘六，他必須持底片放大才能參加比賽，而若是眞的得獎，作者「必須繳交原稿底片」！

所以他一定需要底片才能加洗，需要底片才能領獎啊！

這是我的結論，所以我故意在去玉曄家那天，把底片留給玉曄，若我推理沒錯，她先生一定會偷偷取走底片，加洗放大並寄去參賽，我則準備萬一我們拍的相片眞的得獎時，跳出來指控這是一個冒名參賽的作品，以懲罰他曾打了這麼多通怪電話來騷擾我們。

而神秘電話客沒有再打電話來要底片，我想這自然是因爲他已經取得底片了，自然沒有打過來要的必要。而那天去玉曄家他不發一語，想必就是唯恐我認出電話中聲音與他的聲音一模一樣。

沒想到攝影比賽的結果還沒公布，這一封我們寄給泳傑，泳傑轉寄給玉曄的信，就被退回來了。

這麼說，玉曄她先生根本沒有收到這封信嘛！

所以故事又回到了原點，神秘電話客是誰？他爲什麼要底片？

由於神秘電話客沒有再打電話來，我幾乎要以爲我必須抱著這個疑惑進墳墓了。

直到有一天，我接到一通台灣攝影愛好協會打來的電話，才讓我把這件事情的始末弄清楚。

根據電話那頭的小姐告訴我，這一次的桐花祭攝影比賽是他們承辦，而首獎作品出現雙胞案。評審一致認定的首獎作品，居然有兩個人同時投稿。在這種狀況下，該協會認爲一定有人冒用他人作品。於是請兩位作者帶著底片到協會去舉證，其中一名參賽者帶了底片去，所以協會認爲另一名爲冒用，準備予以公告於協會通訊及網站上。被認定爲冒用的參賽者手邊沒有底片，就不敢到協會去，但是他不甘名譽損失，就反咬對方的相片也是冒用，而且還是於比賽規定日期之外的時間拍攝的，並提供我的電話號碼以供求證。兩人最後在攝影協會差點演出全武行。

那爲什麼扯到我呢？

因爲那相片正是我拍的啊！

有底片的人正是玉曄的先生——程濠昇，到最後我才知道，泳傑寄給玉曄的相片的確如我推測被程濠昇拿走了，但在我們造訪玉曄的當晚，他聽到我們說信沒收到卻也沒退回來很奇怪，所以就模仿信上的筆跡將信再寄一次，然後寫上錯誤地址，這麼一來信就會被退回我家，他以爲信是我們寄的，卻不知道其中透過泳傑轉寄的這件事，而這也使得就算他字跡模仿得不像，我們也無法判別這信是泳傑寄的，還是程濠昇寄的。

那神秘電話客就是他嗎？不是。程濠昇原先可能並無使用我們相片參賽的打算，畢竟他是個得過獎的攝影師，人格應不致如此低下。但是我因爲懷疑他，而把底片留給玉曄，使得他可以很輕易的就可得底片，並放大參賽，並在作品鬧雙胞時證明自己是原作者。

而另一個是誰呢？他透過了某種方法取得我所拍攝的桐花相片，而且還是六乘八的規格，聽攝影協會的人員告知，這個人一見到程濠昇說相片是他拍的，馬上就露出懷疑，並且質疑拍攝的時間。附帶一提，我所拍攝的相片，上面是沒有日期的，就是因爲這樣，才導致我購買數位相機，也使得他們可以拿四年前的相片魚目混珠。

這個第二號冒牌貨，因爲只有相片沒有底片，所以向我要，先是威嚇後以利誘，最終放棄，他的目的是攝影比賽，這個比賽最高獎金才五萬元，我卻一次就開口要價十萬，當然會讓他知難而退了。但是由於比賽是先參加，等到得獎後才繳交底片，他先參加了，卻無法從我這裡順利取得底片，所以最後無法交代。當攝影協會的人告訴我他的名字時，我仍是全然沒有頭緒，不知道他究竟是誰，但當他們告訴我這第二號冒牌貨的地址，以及他的職業時，我就恍然大悟了。這個人有相片，而且還知道這相片是四年前所攝、知道程濠昇不是相片擁有者、並知道我的電話，那麼，他到底是誰？

他是相片沖洗店的老闆，我在洗相片時告訴他這是四年前拍攝的，還在單子上留下我家的電話。

由於沖洗店老闆與程濠昇都非相片作者，所以首獎是我囉？五萬元獎金如此輕易落入我口袋？那就大錯特錯了，由於非在指定的日期所拍攝，所以很抱歉，仍然是不符資格。但是攝影協會很夠意思，雖然不給我首獎獎金，但是還是給我佳作的獎品——十卷一百度的彩色軟片，以及十卷專業彩色正片，以鼓勵我從外行邁入專家，拍攝出更多精彩的相片。

我看著這二十卷底片，又想到我的數位相機，我要何時才能把這些傳統底片用完呢？

我唯一知道的是，我不會隨便幫不認識的路人拍照了。

上行列車殺人事件

Tung Blossom
Festival

Tung Blossom
Festival

Tung Blossom
Festival

【楔子】

「你願意陪我回到當初我們相識的地方嗎？」女子以祈求的口吻說出這句話。

「有這個必要嗎？」男人冷漠地回應。

「就算我求求你，就這最後一次了。」女子凝視著男人。

「這可是最後一次了。」男人說。

「我知道，從今以後，我再也不會去煩你了。」女子露出欣喜的表情。

「十二月初我可以挪出一點空檔，時間我會再告訴你。」

男子似乎拗不過女子的央求，因而答應了下來。

「太好了！」

「那我先走了，店裡還有事要忙。」男人撇下這句話後便離開了。

第 1044 次列車資料 車種：自強號		
站名	到達時間	開車時間
台中	21：40	21：43
苗栗	22：19	22：20
新竹	22：46	22：48
桃園	23：26	23：28
台北	23：57	00：04

第 2056 次自強號		
站名	到達時間	開車時間
台東		16：20
知本	16：31	16：33
大武	17：04	17：05
枋寮	17：41	17：43
屏東	18：16	18：18
高雄	18：41	18：45
台南	19：18	19：20
嘉義	20：06	20：08
彰化	21：12	21：15
台中	21：29	21：31

第 1060 次自強號		
站名	到達時間	開車時間
台東		16：25
池上	17：07	17：08
玉里	17：31	17：32
瑞穗	17：52	17：54
鳳林	18：22	18：23
花蓮	18：52	19：00
羅東	20：07	20：08
宜蘭	20：16	20：18
松山	21：32	21：34
台北	21：41	21：45

【一】電話

我們會介入這件案子，完完全全是因爲妻的緣故。

前些日子剛搬了新家，因爲想擁有屬於自己的房子，我們從台北搬到桃園，雖然沒有鋪張地設宴慶賀喬遷，但是我們還是向親朋好友昭告了我們搬家的消息。也因此一些久未聯絡的朋友便重新搭上了線。

現代人總是這樣，表面上看來似乎聯繫管道更多、更方便，電子郵件、MSN、行動電話等等的軟硬體產品日新月異，但是人際間的溝通卻未見改善，就單單拿行動電話這一點來說，其中的「簡訊」這個功能，夠方便了吧！既有電子郵件的優點，又可以在各地接收，眞是方便極了！但是說實話，我收到的簡訊裡，除了詐騙集團的簡訊與色情業者的鹹濕廣告之外，所剩的就是那些罐頭簡訊了。只要上網路，就可以將網路上現成的簡訊一一送出，發訊息者根本不需要自己慢慢輸入，這種簡訊一點人情味都沒有，和電子郵件的連鎖信一樣虛偽，這種信每每告訴收件者「傳給你所關心的每個人」、「給你愛的朋友們」等等的，似乎我不這麼做，就很沒血沒眼淚似的，真是夠了！收到那種信，我一律刪掉，看都不看。

怎麼會囉哩囉唆說了一堆呢？對了，問題就是從電話開始的。

記得剛從台北搬到桃園時，接了一些莫名其妙的怪電話，搞得我和妻都很緊張，所幸後來是以沒事收場，不過也夠我們兩個受的了，所以在那之後，我們便換了有來電顯示功能的電話機，並花費時間將親朋好友的電話一一輸入其中，如此一旦有人打來，我們多半可以先知道是誰撥的電話，要不要接、可能會談論哪些內容，總是心裡先有個底，這樣住起來就心安不少。

沒想到這一回，電話還是給我們帶來了麻煩。

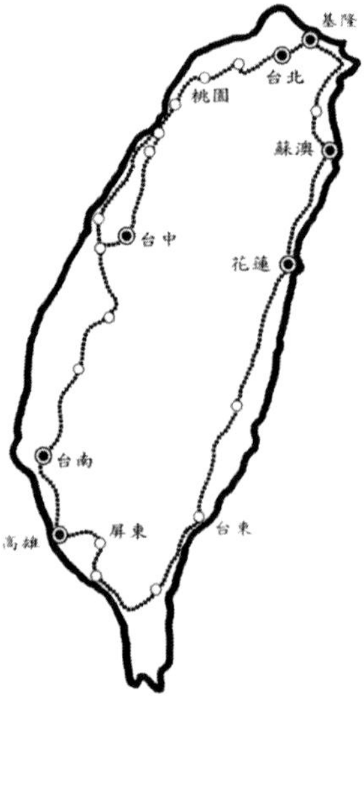

【二】訪客

鈴鈴鈴鈴。

凌晨一時許，我與妻正看著電影台的片子，打算看完便就寢，此時電話聲響起，我倆互望一眼，妻咕噥著「是誰這麼晚還打電話過來」，然後起身接起電話。

「喂，是月理嗎？」

「秀秀啊？」

秀秀是妻的大學同窗兼好朋友，她姓文，名叫秀季，但是因爲「秀」和「季」兩字實在是太像，常常有人叫錯，也因此她的外號便自然成爲「秀秀」或「季季」了。

「你們剛搬到桃園吧！」

「是啊！」

「那你們知道桃園縣警察局在哪裡嗎？」

「咦？知道啊！妳問這個做什麼？」

「我現在就在警察局啦！妳那邊方不方便讓我住一晚？」

「妳等一下喔，我問一下我老公。」

在對外人的時候，妻總是作足面子給我。

「公，秀秀今天晚上要來住，可以嗎？」

我望著妻，妻對我點點頭，於是我便說：「好啊！我們這邊很方便。」

「秀秀啊！我老公他說好，妳幾點要過來？」

「我現在就可以過去了，可是我沒有妳家地址，也不曉得怎麼走，妳要不要過來接我？」

原來這就是她剛剛問妻知不知道桃園縣警察局在哪裡原因。

「不行啦！這麼晚我老公不放心我出門，我告訴妳地址，妳抄起來。坐計程車過來。」

「嗯，等等我找一下筆。」

於是妻便將地址告訴秀秀。

「妳等一下上車以後，要再打一通電話給我喔，這樣計程車司機就會知道，有人知道妳搭計程車，這樣妳比較安全。」

「知道了。」

「那等妳喔！」

妻掛上電話。

「秀秀有什麼事？」

「我也不知道，等會兒再問她吧！」

不一會兒，電話再度響起，秀秀告訴妻她已搭上計程車，正朝著我們家而來。

約末過了十五分鐘，秀秀便到了家裡，妻引她坐下。

「歡迎歡迎，有一陣子沒見面啦！」我說道。

「嗯！眞是抱歉，這麼突然打攪府上。」秀秀說道，看她的樣子，似乎有些疲憊。

「妳怎麼啦？看起來很累的樣子。爲什麼突然跑到桃園來呢？而且還是去警察局？」妻問道。

「我也是突然接到電話才趕下來的。」

「嗯？」

「我現在還是一團混亂，我男朋友你認識吧？」

「家裡賣碳烤雞排，講話聲音很細的那個，叫做什麼來著？」妻回答。

「陳文俊。不過不是他啦！文俊是我前任男朋友。」

「前任？你們分啦？」妻稍稍地驚訝。

「分一陣子了。」秀秀說道。

「爲什麼啊？我記得你們在一起挺穩定的不是嗎？」

「還不是都他不好，他在夜市賣碳烤雞排，也不找個好一點的位置，三天兩頭老被警察開單，賺的錢都不夠付罰款了，我要是繼續跟他，這輩子註定貧賤夫妻百事哀啦！」秀秀解釋道。

標準答案，分手都是對方的錯，自己一定沒有問題。

「原來如此，那現任這位我有見過嗎？」妻繼續問道。

秀秀沉吟一會兒，說道：「應該是沒有。」

「他貴姓大名？哪兒高就？」

「他叫做潘中鼎，人很老實，做軍用品買賣的。」

「軍用品？賣軍火的？」我問道。

「不是啦！是賣那種軍事迷產品的啦！迷彩裝、各國軍事配備、模型那種的。」秀秀解釋。

「我還以爲他賣軍火所以被抓到警察局了呢！」我說道。

「妳怎麼都交這種怪職業的男朋友啊？」妻說道。

「沒辦法啊！我就是愛上了嘛！」

「嗯，愛情是沒有什麼道理的。」我嘟囔道。

「你不要插嘴啦！讓秀秀好好講完是怎麼回事。」妻責備我。

經過秀秀的說明後，我們總算大致瞭解了情況。

原來秀秀與潘中鼎約末三個月前開始交往，過程就如一般情侶相識那樣浪漫，沒想到這位秀秀口中的老實人，被秀秀發現與前女友藕斷絲連，他們本是同居關係，前女友分手後甚至還保有鑰匙可自由出入，秀秀爲此與潘中鼎大吵了一架。據潘中鼎的說法，自從有了秀秀之後，就不曾主動與前女友聯繫，都是前女友找他，他也是不得已的。

前女友叫做林香凰，從事服飾買賣，她欲與潘中鼎復合，但是潘中鼎不願意，於是她便要求潘中鼎與她進行回憶之旅，就是再度前往當初兩人定情之地，此後橋歸橋路歸路，兩不相欠，誰也不負誰，對女方而言，或許是想藉著這個機會，使潘中鼎重新燃起對這段戀情的熱情，但對潘中鼎而言，只是想從此次旅行之後，便再也不要聯絡，分得乾乾脆脆。

就在這種狀況之下，兩人一同出遊了，他們當初的定情之地在台東，當年兩人都住在台北，台北那麼大，要相識談何容易，他們卻因參加同一國內旅遊團前往台東遊覽，期間互生情愫，在返回台北之後便陷入熱戀。

由於潘中鼎較爲忙碌，所以這一趟回憶之旅，是潘中鼎決定時間，林香凰決定路線，爲期兩天一夜，他們在台東租車遊覽，一切都很順利，兩人間也未出現什麼齟齬或是感傷情景，就像是當成兩人間最後一次的旅遊一般。

人算不如天算，這段旅程竟然在最後回程的路上出事了。

林香凰坐上下午四點多開往台北方向的自強號，潘中鼎卻陰錯陽差地搭上南下的自強號，兩人就此分開。沒想到這一分開就出事了。

「怎麼會這樣？一起去台東，也應該一起離開台東不是嗎？」我插嘴問道。

「我怎麼會知道？總之他們就在那時分開了。」

「那潘中鼎怎麼辦？就呆呆的坐到高雄嗎？」妻問秀秀。

「是啊！他眞的這麼呆，坐了下去，而且不一會兒就睡著了，睡醒時車已經開了很遠，所以他不可能再回頭。」

「這點我瞭解，東部幹線的列車遠比西部幹線少得多，他不如坐到高雄再換車北上還比較快。」我說道。

「喔。」妻點了點頭。

「的確如此，總之中鼎坐車坐到桃園時，被鐵路警察請下了車，然後直接送進桃園縣警察局。」

「什麼？爲什麼？」妻問道。

「中鼎都嚇傻了，他根本不知道發生了什麼事。」

「到底是爲什麼？」

「林香凰死在花蓮到台北的自強號上。」

「什麼？」我和妻都驚呼出聲。

「詳細情形也不清楚，聽說列車長在查票的時候，發現不對勁時就趕緊報了案。而中鼎拒絕夜間偵訊，所以警察也不能拿他怎麼樣，只好等待明天再訊問他，我則是接到電話，便替中鼎帶換洗的衣物下來。」

「所以妳才會這個時間在桃園出現。」

「對啊！順便來造訪一下兩位，說眞的，我整個人都慌了。」

「這難免啦！妳先別窮緊張。」妻好言安慰秀秀。

「林香凰怎麼死的？」

「不知道，說眞的我一點消息也沒有，一來我想警察不會對我說，二來剛剛在警局我也沒心情問。」

「喔，也對。」妻應道。

聽到這個突如其來的消息，我與妻都失了睡意，便與秀秀閒話家常了起來。

「你們爲什麼搬家搬這麼遠啊！這樣要找你們多不方便啊！」秀秀說。

「桃園的房價比較便宜嘛！而且生活機能也不賴。」我說道。

「眞的嗎？桃園沒有捷運吧！」

對於長居台北的人，是很難想像遠離台北的日子是多麼寫意，不過我不打算跟她爭論住台北好還是住桃園好，現在的台灣公共運輸發達，交通路網綿密，高速鐵路也已通車，住哪裡實在沒差多少，更何況我們只是搬到桃園而已，又不是搬到離島，有必要把台北之外的地方想像得這麼落伍嗎？

「桃園是沒有捷運啦！」我說。

「對啊！那還眞不方便。坐捷運眞的是有夠方便，到處都能去，有些捷運站出口一出去就是百貨公司呢！現在的台北眞是個國際化的大都市。」

秀秀一邊說，還一邊做出「桃園果然落後」的表情。

「不過桃園有國際機場，台北有嗎？」

「啊？」

「坐飛機眞的是有夠方便，一下飛機就是世界各大都市呢！桃園眞是太國際化了。」我一面說，一面努力做出「台北算什麼」的表情。

大概是覺得我講話太討厭了，妻這時插話進來：「秀秀，妳別理達霖，他就是容易跟別人鬥嘴。」

「喔。」

「就算是住台北，也是會有鄉巴佬的。」我繼續說，一邊避開妻投射過來的凌厲目光。

「達霖。」妻的聲音頓時嚴厲了起來。

「等等，讓我說完，」我得趁機好好論述一下：「要是一個人他住新莊，國小念新莊國小、國中念新莊國中，高中念新莊高中，大學念輔仁大學，這樣會有什麼國際觀我才不信，充其量不過是個新莊通，沒見過世面。」

「就跟你說不要說了，你還一直說。」

妻投過來的視線與冷冷微笑，讓我心中直發寒。妻又說道：

「好在你不是什麼立法委員還是教育部長，這麼說一定馬上被媒體圍剿，你又知道在新莊讀書長大的人會是個鄉巴佬？」

「新莊只是舉例嘛！大可以代換成另一個地方。」

「你想得罪更多地方的人就是了？」

我一時語塞，說不出話來。

「秀秀，不好意思，達霖他這套『都市鄉巴佬理論』我不知道聽多少次了，妳別介意，他就是比較固執一點。」

「不會介意啊！怎麼會？我好羨慕你們，感情好好喔！」

原來我與妻的拌嘴被視爲夫妻融洽的象徵，大概是現在夫妻不講話的愈來愈多了吧！

【三】等待

隔天是週末，清晨起床後稍事梳洗，天氣很冷，洗臉時把我凍得半死。

妻與秀秀已在廚房準備早點，客廳的電視是開著的，我一看，是新聞台。看樣子她們在準備早餐的同時，還不時注意是否新聞已經報導昨天發生的林香凰命案。

我走到廚房，給妻一個擁抱，並在她額上印下一吻：「早安，美人。」

「你不要這樣啦！秀秀在這裡。」妻輕輕扭動身體，想要掙脫我。

「兩位請繼續，沒關係，當我不在就好了。」秀秀說道。

我是沒打算當秀秀在場沒錯，但妻介意，我只得放開。

於是我便到客廳坐下，看電視，等早餐。

台灣的新聞媒體嗜血是眾所周知，我相信沒多久新聞就會出現報導，還是電視台引以爲傲的「SNG小組現場連線報導」。

「今明兩天寒流籠罩，清晨淡水最低溫只有八點一度，嘉義也只有九度，不過白天過後太陽出現，尤其南部高溫可以達到二十度，日夜溫差有十二度之多，這一波低溫特報維持到十七日星期一清晨，不過因爲水氣不足，因此不會下雨，高山下雪的機會也降低……」

新聞主播口中傳來寒流的消息，也難怪早上洗臉把我冷得直打哆嗦。

「接下來爲您插播一則剛剛收到的消息。」

來了，我耳朵豎起，注意聽主播的話。

「立院龍頭之爭再掀變數！某某黨團表示……」

聽到這句話，我感覺被澆了一盆冷水，寒流的涼意又更加深一層。

「這算什麼重要新聞嘛！」妻在廚房抱怨，可見她也在意著新聞。

「月理，妳怎麼比我還急呢？」秀秀說。

「我想知道下文嘛！」妻說。

「我餓啦！老婆！」我在客廳喊道。

「好啦！一下就好。」

妻用拖盤，將稀飯和小菜端到客廳。

我們家也是有餐桌的，但有時候爲了看電視方便，就會在客廳吃飯。

「這頓早餐是秀秀幫忙弄的喔！你要謝謝人家。」妻對我說。

「謝謝。」我向秀秀道謝。

「哪有幫忙，兩個人弄比較快嘛！」秀秀很客氣。

我看了看飯菜，的確是沒幫什麼忙，菜色都是妻平常會弄的，兩個人邊聊天邊弄飯菜，我想應該比妻一個人做的時候還慢吧！

不過我沒敢說出口。

「來，一起用吧！」我說道。

把熱騰騰的稀飯吹涼，伴著肉鬆吞下一大口之後，新聞主播提供了我們想要知道的消息：

「台鐵一列自台東開往台北的列車於十四日晚間發生一起乘客死亡事件，有關單位正積極調查中。據了解，死者一位名爲林香凰的女性乘客，現年三十四歲，據目擊者指出，該名乘客打扮入時，並未與人同行，由於身上無明顯外傷，研判可能是心臟病發身亡，惟確切死因尚待檢察官相驗，警方表示，目前無法認定他殺或自殺。」

該來的還是來了。

「警察明明就把中鼎關起來了，現在居然說不知道是自殺或他殺！」

秀秀的語氣聽起來有些激動。

「我想他們對記者還是有所保留。」我說道。

妻點點頭，她輕撫秀秀的背：「秀，不要擔心。」

吃過早餐後秀秀便離去了，她要先去警局問現在情形究竟如何，才能得知潘中鼎是不是會有什麼麻煩。我與妻則按原訂計畫，前往新竹的內灣與尖石走走，帶著數位相機與傻瓜相機，準備幫溫柔的妻留下美麗的記憶。

爲什麼要帶兩種相機呢？因爲經歷過上次桐花祭攝影比賽的事件，我差點莫名其妙得了首獎，最後攝影協會送了一大堆軟片給我。要是軟片放太久，不趕緊拍完的話，照片洗出來會受到影響，所以我就帶著老傻瓜相機，心想把軟片用完就算了。

但是數位相機實在比較方便，而且可以亂槍打鳥胡亂拍攝，反正又不用洗出來，成本低廉，所以我還是將兩部相機都帶出門，成了雙機俠。

【四】釋放

隔了兩天，秀秀再度於晚上撥了電話過來，告訴我們最新的消息。

妻很貼心，按下免持聽筒，讓我也可以直接聽見秀秀的聲音。

「中鼎被釋放了。」秀秀說道。

「這麼快？」我說。

「哪有會快啊！這幾天我都快急死了，還好總算是沒事了。」

「警察認爲中鼎沒有涉嫌吧？」妻問道。

「月理，中鼎不是那種人啦！」

「情人眼裡出西施」我心裡想著，不過沒說出口，但是「無毒不丈夫」這句話想必也有它的道理在。

「警察怎麼說？」妻問道。

「他們會把中鼎放掉的最主要原因是有人作證林香凰自己買了農藥。」

「哦！死因是農藥中毒？」我問道。

「是啊！林香凰的住家附近有一間農藥行，農藥行老闆見到了新聞報導後，發現林香凰有點眼熟，似乎是曾經上門過的顧客。農藥行前的騎樓在幾個月前曾經被附近的小混混縱火，所以老闆在店門口就裝了時下最流行的監視器，他調出監視錄影帶後，發現林香凰的確曾經上門光顧，然後老闆便主動通知警方這件事。你們都沒看新聞啊？」

「明明就不是很重要的事，我哪會這麼關心？再者說了，新聞台是我家最少看的頻道呢！」我在心裡嘟囔著，但一樣沒說出口。

「總之中鼎現在和我在一起，我打電話過來，主要是要向你們報個平安，還有感謝你們前幾天晚上讓我住了一晚。」

「不用客氣，秀秀，有空還要過來走一走喔！」妻說道。

「好，我會的。那就先這樣喔！」

「嗯！」

互道再見後，妻掛上了電話。

「原來是誤會一場啊！」妻說道。

「大概吧！」我漫不經心的應道。

「老公，你在做什麼？」

「我在找新聞對於這件事的報導。」

我連上網路，進入知名的報紙資料庫搜尋這件事的相關報導。

我家沒有訂報紙，因爲上網閱讀新聞既免費又方便，可以隨選閱讀，不用像電視新聞或報紙一樣被硬塞入過多的資訊。站在環保的立場想更是好處多多，原因在於報紙都是透過大型機器高速印刷，紙漿的強度必須足夠，所以都是採用處女紙漿，再生紙是不能印報紙的，所以不看報「紙」，也能少砍幾棵樹。

網路上的新聞資料庫十分方便，而對於最近一個月的新聞又是免費提供，所以剛剛一講完電話，我立刻就上網找這案件的相關新聞。

或許是警方早早就認定爲自殺案件，所以台灣的嗜血媒體並未加以深究，也使得新聞篇數並不多，要是一直警方懷疑是潘中鼎下的手，恐怕媒體會將潘中鼎的祖宗十八代都翻出來檢視。

我仔細讀了其中的幾篇報導，歸納出下面的重點。

在林香凰的包包之內，留下了一張字條，上面寫著「我會被毒死，中鼎竟然這麼恨我，好絕望。現在我只希望在我的墓前，能有小雛菊盛開著。」

也因此，警方在第一時間就將潘中鼎視爲頭號嫌疑犯，將其逮捕。

這張字條，後來經比對證實是她自己的字跡無誤。

但又如秀秀所言，警方釋放潘中鼎，是因爲找到林香凰購買毒藥的證據。

根據調查林香凰死亡現場後發現，林香凰應是喝了寶特瓶裝的某知名品牌梅子綠茶後死亡，經化驗結果，其中含有大量的巴拉松，足以致命，案發的現場，該瓶裝綠茶就置於座位旁的飲料架上。

潘中鼎與林香凰的家屬皆表示，梅子綠茶的確爲死者所愛喝的飲品。除此之外，死者的包包中尙有換洗衣物、唇膏、火車時刻表、台東旅遊地圖、一瓶開封過的礦泉水等等一般遊客會攜帶的物品。

經化驗結果，該梅子綠茶中所含的巴拉松成分，應是某牌農藥所含的劇毒化學物質，自民國八十六年起我國即禁止使用含有巴拉松之農藥，但由於農民使用廣泛，至今仍無法完全禁絕；而同時有證人指出，林香凰曾於兩週前曾經前往農藥行買東西，但是專案小組在林香凰的住處，並無發現該農藥的蹤跡。

針對警方的訊問，潘中鼎供稱，本次行程是林香凰邀請他進行一趟回憶之旅，並非自己要求的。而雙方約定好在旅程結束之後，兩人就不要再有任何牽扯，所以他斷無行兇之理。而在回程途中，原本兩人都上了車，但由於林香凰表示要回車站去買飲料，所以又走出車廂了，潘中鼎一人在車內等，等了半天，車都要開了，林香凰卻未上車，他打手機給林香凰，林香凰說在別的車廂上了車，等一下就會到，所以他也不以爲意。

過了不久，林香凰仍未出現，他心想要是沒趕上車那也沒辦法，明天還要上班，所以他也沒跳下火車去找。再度撥電話給林香凰，電話有接通，卻無人回應。

網路的新聞區還有若干訪問潘中鼎的影音片段，我點下其中一個連結：

「我打給她，她說在最近的車門趕上火車，會再走過來找我，所以車開動後我就一直等，等著等著我就睡著了，一路上迷迷糊糊的，等我發覺時，我竟然已經到了屏東，我只好繼續往北坐，然後再換往台北的車。」

「我也不知道爲什麼她要騙我坐這班往高雄的車，我一直想不透。」

「不過還好我坐上這班車，不然她要是死在我身邊的話，那我跳到濁水溪也洗不清了。還好警察查出她是自殺，不然我不就莫名其妙被她陷害到了嗎？我是無辜的。」

這件案子我怎麼看都覺得怪怪的，也就是潘中鼎的說法怪怪的。

我不懂的是，面對著即將離別的昔日戀人，如果我是林香凰，又抱持著惡意的話，我會有三種作法。最極端的作法是，將潘中鼎毒殺身亡後，自己也服毒，僞裝成殉情。其次是自己服毒自盡，然後留下一些字條或什麼的證物，目的是嫁禍給潘中鼎，讓他蒙受不白之冤。最後的作法是在潘中鼎身旁服毒自殺，使他親眼目睹舊情人自殺，讓他在往後的日子裡都飽受身心的煎熬。

而這三種做法的任何一種，都必須在某個前提下可能進行，那就是「潘中鼎在林香凰的身邊」，唯有在這種的狀況下採取的行爲才有意義，要是潘中鼎不在她身邊，不論林香凰是怎麼想的，她自殺都不合理，所以我認爲林香凰斷無支開潘中鼎之理啊！

這實在是讓我想破頭都想不透，爲什麼林香凰會有這種做法呢？

而且林香凰的做法是必須事先決定好的，按潘中鼎的說法，林香凰帶他到開往高雄的自強號之後，就藉故溜走，然後再自行到開往台北的自強號北上。所以林香凰必須將兩列車的票都準備好，才有可能讓兩個坐不同車次的人，都有位子坐，若非如此，要是沒位子可坐，潘中鼎第一時間就會發現有問題才對，長途旅遊一定會事先買好車票的。

到底爲什麼她要這麼做呢？而且是事先就決定好要這麼做？

我搔了搔腦袋。

咦，眞的有這兩班這麼接近的自強號嗎？我得查查。

網路很方便，所以我一樣透過網路連上臺灣鐵路管理局的網頁，查詢台東發出的自強號車次。等了一會兒後，「無法顯示網頁」這六個字毫不客氣地出現在我眼前。

怎麼辦呢？對了，我記得妻似乎有火車時刻表。

「月理！妳有沒有火車時刻表？」我發出愛的呼喚。

沒人理我。

我四下望了望，沒見到妻的身影，我起身走了幾步，原來妻在化妝台前擦著頭髮。

「啊？妳洗好澡了？」我睜大了眼。

「嗯。」

「怎麼不等我？」我問道。

「羞羞臉，你不會自己洗啊！」妻笑笑地說。

「一個人洗我不習慣啊！」我說道。

「你胡扯，結婚前你不都是一個人洗？」

「我習慣有妳陪嘛！走，再洗一次！」

我拉起妻的手，湊近嘴邊親了一下，鑽入鼻孔的是草莓的香味，我嚥了嚥口水。

「不行不行！」妻堅定地搖了搖頭。

「爲什麼？」我露出受傷的表情。

「因爲我剛剛叫你洗澡，你都不理我啊！所以我就自己先洗了，我才不要再洗一次呢！」

原來在剛剛我專心找資料的時候，妻跟我說話，我卻沒聽見，所以才導致即將隻身一人獨自面對冰冷浴室的窘境。

「對了，我們有沒有火車時刻表啊？」

「秘密。」妻很調皮。

「喔！是咪咪呀！怎麼，昨晚還可以吧！」我挑了挑眉：「是不是回味無窮啊？」

「你很無聊耶！」妻一陣嬌笑。

上述這幾句外人看來是莫名其妙的對話是我與妻獨有的情趣。

有時問妻一些事情，她就回答我「秘密」。倒也不是什麼重要非得保守秘密的事，像是「家裡有沒有火車時刻表」這種事她也回答我秘密，有時還眞把我鼻子給氣歪了。

所以後來我就想出反制的法子，當她說「秘密」時，我就假裝聽不清楚，以爲是某歡場女子「咪咪小姐」在跟我說話，我就回答她昨晚是不是回味無窮、銷魂蝕骨之類的話。

然後妻就會說我很色、很白癡。

一般人見到我們的對話，應該會覺得很無聊吧！

我倆卻是樂此不疲。

可是現在我是眞需要火車時刻表。

「我是認眞的啦！快告訴我。」

我也告訴妻台鐵的網頁連不上這件事。

妻想了想：「有啊！要親一下才給你。」

我在妻的臉頰上貪婪地親了一下，正打算再贈送幾個吻時，妻連忙閃避。

「我拿給你。」

妻自抽屜找出一本破破爛爛的時刻表，我翻了翻，是兩年前出版的，有點舊，不過應該多多少少有參考價值。

火車時刻表一本才區區二十五元，但是台鐵動不動就小改一下火車時刻，而台北車站的四個月台移撥兩個給台灣高鐵後，火車時刻又做了若干調整，雖然時刻表很便宜，但是這樣三不五時就出新版的時刻表，這樣誰吃得消啊！所以我們若要坐火車，都直接上網查時刻，以免抵達火車站時，才發現被舊的時刻表給陷害了。

根據這份時刻表，再根據潘中鼎坐車的時間，他們是在下午四點時坐上火車的，而在四點前後的確有兩班車是分別開往台北與高雄。

第二〇五六次的自強號在四點整開往高雄。

第一〇六〇次的自強號在四點十六分開往台北。

這兩班車的發車時刻果然接近。就算台鐵火車班次改點，這兩班車次的時間也不會相差太多。

「所以說潘中鼎的說法可能是眞的。」我說道。

「那當然啊！就算潘中鼎是壞蛋，他也不可能編一個一戳即破的謊言吧！」

「啊！對喔。」我怎麼沒想到，眞是笨死了。

妻正在吹頭髮。

我將兩個車次的時刻欄用螢光筆劃記後，趕緊去洗了一個戰鬥澡，以免等一下在床鋪裡呼呼睡的妻詐睡佯聾，來個相應不理。

【五】疑惑

要是林香凰是獨自旅遊，然後喝入毒飲料而死亡，警方應該會朝著千面人的方向偵辦，但是這家知名的飲料公司並未進一步接到恐嚇取財電話，警方研判應該不是千面人事件。且由於林香凰是與前戀人同行，兩人又在台東莫名其妙地分開了，案情顯得不單純。

所幸有人作證林香凰自己買了農藥，所以潘中鼎得以脫罪。

我在上班的時候，腦海裡還是不自覺地想起這件案子。

忙裡偷閒上了一下台鐵的網站，確認一下昨天的時刻表是否正確，結果發現原先的時刻是四點與四點十六分，最新的時刻則是四點二十分與四點二十五分，也就是說時間的確如我所預期地改點，而且兩車的發車時間更爲接近了，的確很有可能坐錯車啊！

根據潘中鼎的說法，案情其實很單純，就是林香凰企圖自殺，且嫁禍給他。林香凰的確買了農藥。

但是若林香凰要嫁禍給潘中鼎，應該確保潘中鼎和他在同一車才對，即使原先有自殺嫁禍的計畫，一旦潘中鼎與她不同車，則嫁禍計畫勢必會落空，也就是形成目前潘中鼎無罪釋放的情形，爲了確保嫁禍計畫能成功，當林香凰發現潘中鼎沒有與她同行時，自殺嫁禍的計畫就應該立即中止才對。

到底爲什麼林香凰要刻意支開潘中鼎，然後自殺呢？

難道她的目的不在於嫁禍？若是如此，她大可以與潘中鼎坐同一車一起回到台北，然後在其他時間、以任何方式自殺，犯不著急著在回程的路上就自盡。

所以我總覺得林香凰這麼做必定是有原因的。

可是我想不出來。

我用公務電話撥給妻。

「咪咪嗎？」我說道。

「昨晚不太行喔！」妻說道。

「啥？妳亂說的吧！」我用不可置信的語氣回答。

「呵呵，」妻輕笑兩聲：「上班時候想我嗎？」

「是啊！來查勤，看妳現在在做什麼。」

「在忙啦，有事快點講。」

我就把我剛剛的想法告訴妻，妻想了一會兒。

「你說的很有道理，我想不到林香凰支開潘中鼎的理由。」

「我也是這樣想。」

「我有一個朋友是推理小說愛好者，要不要請他過來？」

「又是凱薩琳與濱口？那就免了吧！我們上回已經領教過了。」

「不是啦！是御手洗跟石岡。」

「誰？」

「御手洗跟石岡。」

「玉手？唉啊！不管啦！誰來我都不信了。」

「好啦！先這樣，回家再講，我現在有事喔！」

妻匆匆掛上電話。

既然妻這麼聰明都想不出來，而我又比妻更聰明，而我也想不到原因，聰明如我倆都想不到理由，那就表示林香凰根本沒有理由這麼做。

既然她沒有理由這麼做，就表示她根本不會這麼做。

既然她根本不會這麼做，爲何她卻這麼做呢？

亂了亂了，嚴格地講應該是「既然她根本不會這麼做，爲何我們認爲她這麼做了？」

證據一：林香凰曾買農藥。

證據二：潘中鼎的證詞。

這兩項證據的存在，所以我們認爲林香凰是自殺的。

其中第二項證據，因爲全憑潘中鼎說了算，所以隨時可以推翻，但是第一項證據，就難以突破了。

林香凰進了農藥行，證人指證歷歷，不可能是其他人代勞。

所以她的確求死。

可是爲何死得這麼怪呢？

潘中鼎說，林香凰帶他到開往高雄的車子之後，藉故離開，然後都沒有回來。潘中鼎說自己並沒有注意車子是開往哪裡，台東車站他不熟悉，所以就跟著林香凰走。

但林香凰實在沒有理由要這麼做啊！

會不會是……實際上的情形完全相反！

潘中鼎帶林香凰到開往台北的車，兩人都住台北，就算林香凰注意到車子是往台北的，那也沒錯，因為本來就是要回台北。上車之後，潘中鼎藉故離開車上，然後在車快開動時，撥打手機給林香凰，告知自己已經及時在鄰近的車廂趕上車，等一會就會回到座位。

林香凰不疑有他，坐在位子上靜待潘中鼎回來。

過了不久，林香凰取出飲料，喝了幾口，死在座位上。

這是自殺。

就算案件的經過是這樣，那對潘中鼎有任何影響嗎？潘中鼎只是藉故離開而已。而農藥是林香凰自備的啊！而她的確有陷害潘中鼎的意圖。

我猜是潘中鼎在旅途中得知林香凰要陷害他，所以想出了這一招，藉故離開林香凰身邊，這麼一來，煩人的林香凰既永遠離開他身邊，也無法嫁禍於他。

可是即使潘中鼎事先就得知了林香凰的意圖，而要將計就計的話，林香凰也應該如剛剛所說的，見機行事才對啊！怎麼可能還是照原訂計畫自殺呢？這樣陷害不到潘中鼎啊！

難道她就真呆呆相信潘中鼎等一下就會乖乖回到座位上扮演頭號嫌疑犯一角？

或許是吧！不然要怎麼解釋這一連串不合常理的行為呢？

下班後與妻一同回家，妻仍提著要找她的推理界好朋友來的事情，我則頑強地堅持回絕。

晚上妻又接到秀秀的電話。

「月理，中鼎最近怪怪的，我有點擔心耶！」

「哪邊怪怪的？」

「他變得……怎麼說，很神經質。」

「說清楚一點，像是哪些方面？」

「主要是吃東西這件事，他好像突然得了潔癖一樣，碗盤什麼的，都一洗再洗。」

「愛乾淨很好啊！」

「可是這樣很怪嘛！在以前，中鼎用過的髒碗，他都是熱水一沖就重複使用了，現在他就連放在烘碗機裡面的乾淨碗盤、杯子等等的器皿，在使用前都還再洗一遍。」

「眞誇張。」妻說。

「還有什麼奇怪的地方嗎？」我插嘴問道。

「其他的啊？是指什麼方面？」

「像是變得比較喜歡外食等等的。」

「中鼎本來就是外食人口，所以不覺得有什麼變化。」

「這樣啊！」

「倒是他變得比較浪費就對了。」

「浪費，怎麼說？」

「家裡的罐頭、醬料、沙拉油、奶粉等等沒吃完的東西，他全部都丟了，然後買過新的。」

「啊？」妻很驚訝，我聽到秀秀的說法卻彷彿醍醐灌頂，有撥雲見日之感。

「對對對，這就對了。」我說道。

「對什麼？」秀秀問道。

「沒什麼，大概是潘中鼎中了樂透，所以變得揮霍了吧！」我胡謅道。

「亂講，秀秀別理他。」妻責備我。

這下子我全明白了，妻一定也得佩服我的聰明才是。

原先呈現的景象是，林香凰支開潘中鼎後服毒自盡。因爲潘中鼎不在身邊，林香凰沒有自殺的道理，所以這個想法太過於不合理，我一直懷疑可能性。

後來我覺得眞相應該是這樣的，潘中鼎在旅遊途中發現林香凰有自殺的意圖，擔心遭到陷害，所以就以藉口離開林香凰，讓林香凰獨自一人服毒自盡。

結果剛剛秀秀的電話中透露了更重要的消息，她所描述潘中鼎的行爲，只有一個解釋，就是……

「潘中鼎怕人毒死他。」

妻突然出聲，把我嚇了一跳，因爲她說出了我心中正在想的事情。

「妳怎麼也知道？」

「這不是很明顯嗎？潘中鼎怕死。」

我千辛萬苦才想到的這一步，妻竟然說很明顯，還說得很輕鬆。

「不過爲什麼潘中鼎突然怕死了起來呢？難道他中了樂透？」

「啥？這和樂透有什麼關係？」我如同墜入五里霧中，摸不著頭緒。

「怕人謀財害命啊！」妻說道。

哈哈，原來妻還不懂箇中原委，讓我好好解釋給她聽。

「潘中鼎怕人毒死他，是嗎？」

「是啊！」

「最近有聽說過誰去買毒藥嗎？」

「沒有哩。」

「眞的沒有嗎？妳再想想。」

「有是有，不過她是買來自己喝的。」

妻是指林香凰買農藥自盡一事。

「妳說對了，就是她。」

「可是她是用來自殺的啊！潘中鼎有什麼好緊張的？」

「問題就出在這裡，潘中鼎爲什麼要對於林香凰用來自殺的毒藥緊張？」

「我不知道。」

「因爲潘中鼎認爲林香凰的毒藥是要用來害死自己的。」

「既然潘中鼎覺得林香凰要毒死他，那麼林香凰自己吃下的毒藥……」

「沒錯，正是潘中鼎下的毒。這也可以解釋如果林香凰是自殺，潘中鼎並不能確定還有其他毒藥衝著自己而來；而若林香凰之死是潘中鼎下的手，則潘中鼎就很有理由去懷疑林香凰購買毒藥的動機。」

「公，你眞是太聰明了！」妻湊進我的臉啜了一下。

「那還用說，不對不對，多說一點。」

我心花朵朵開，不覺語無倫次了起來。

「公，妳是我見過最聰明最有智慧的男人啦！」

「好了，別再說了，再說我要暈倒了。」我作出暈眩貌。

「呵呵。」

「總之就是當潘中鼎發現林香凰去買了毒藥，所以他開始對於家中所有的東西產生懷疑，他懷疑林香凰在家中的食物或器皿裡下毒。」

「所以他對於食具的清潔很講究。可是他並不能十分確定不是嗎？」

「是的，他無法去化驗家中的所有東西是否含毒，所以也不能知道是否林香凰想毒殺自己。也由於潘中鼎十分地小心，所以他在家中並未遭毒殺。」

「所以他將就把家裡現有的食物全都丟棄，然後重買新的。」

「對，這樣做是十分小心，但依我看，林香凰若要藏毒，一定也是經過深思熟慮，所以很可能有一天，潘中鼎吃了某樣自己並未注意的東西，然後就一命嗚呼了。像是家中的洋酒，要是直接倒掉，也未免可惜，說不定這樣的一念之差，就是生死的關鍵。」

「對。」

「而且潘中鼎要刻意搭上相反的列車，勢必得預先購票，不然萬一搭上車結果沒位子，很難說得通他沒發現坐錯車。」

「要是他買預售票，台鐵那邊一定有紀錄。」

我拿起電話報警，將剛剛與妻討論出潘中鼎應該是預謀殺人的這件事，告訴警方。

【六】真相

眞相是令人灰心的。

警方說林香凰的確是自殺，因爲致死的那罐農藥綠茶，林香凰喝了二分之一，若是林香凰在不知情的情形之下喝掉，只要誤飲一口，也應當會即時吐出，不可能喝了大半罐。

而林香凰喝農藥的時候，潘中鼎在相反方向的列車上，沒有辦法強迫林香凰喝下。

這就是警方認定林香凰是自殺的主要理由。

我壓根兒沒想到這回事，我沒想到農藥要喝多少才會死掉這件事，我把農藥當成氰化鉀之類的毒物一樣毒了。

再者警方也調查過了，潘中鼎在台鐵並無訂票記錄，「花蓮—台北」的來回火車票是以林香凰的名義所預訂。現階段台灣的火車票並無記名，除非是透過網路或是語音預訂車票，才會留下訂票記錄。也就是說，沒有直接憑據證明他是有預謀坐上相反方向的車。

我不信！這樣的結果太不合理了！林香凰憑什麼這麼做？

我覺得潘中鼎對林香凰下毒這件事是無庸置疑，但是潘中鼎難道沒有想到林香凰可能喝了一口農藥就吐掉嗎？再者，他搭上第二〇五六次列車往高雄的列車，怎麼就這麼巧會有座位，讓他得以自圓其說呢？

我眞的不懂。

我起身在屋子裡信步走著，一邊琢磨這件奇怪的案子。

突然間，我瞥見那本以一個吻換得的過期火車時刻表。

我拿起來翻了翻，尤其是從台東發車的那幾頁。

一個令我驚訝的事實，蹦地一聲跳到我的眼前。

從台東出發的車，不論是往台北方向的「台東→樹林」或是往南部的「台東→枋寮→高雄」的對號快車，竟然都是「上行列車」，也就是說，台東車站沒有「下行列車」。

這是爲什麼呢？

我再度翻閱較常搭乘的西部幹線來對照，「基隆→屏東」是由北往南，是「下行」沒錯，而「屏東→基隆」是由南往北，是「上行」沒錯，十分符合北在上、南在下的習慣用法。

就只有在台東一站，出現都是「上行列車」的現象。

我懷疑我的時刻表印錯了，所以再度上臺灣鐵路管理局的網頁上看個仔細。

查詢後我發現，台東恰巧是兩段鐵路的交會點，分別是「東部幹線」與「南迴線」。

東部幹線	上行：台東→樹林
	下行：樹林→台東
南迴線	上行：台東→枋寮→高雄
	下行：高雄→枋寮→台東

也就是說，不管是東部幹線或是南迴線的鐵路，台東都是上行的第一站，這點是我這個西部人從未注意過的。

這代表什麼呢？

難道說，這可以解釋潘中鼎上了往高雄的車而不自覺？

「我看這班車是上行，應該是開往台北，所以就坐上去了。」

我彷彿聽見潘中鼎爲自己辯解著。

而這個辯解不論是他被林香凰支開而坐錯車、或是他藉故離開林香凰而上錯車，這兩種狀況都說得通。

我把「從台東出發的車皆爲上行列車」這件事告訴妻。

「這很重要嗎？」

「一定很重要，因爲這太巧了。」我說道。

「可是我們在坐火車時都只看南下或北上，這通常是不同月台，哪有可能坐錯啊！」

「可是他們兩人有一人離開了原來的車廂，要再回車上當然有可能坐錯啊！」

「說的也是，它都是『上行』，這樣標示的話很有可能會坐錯。」

「就是啊！」

「可是我不記得火車票是有寫上行或下行耶！我只記得有寫過順行或逆行。」

哪裡來這麼多分法，我頭都快暈了。

「順行和逆行是根據什麼分的？」我問道。

「我記得是『順時針』或是『逆時針』方向的意思，反正台灣環島鐵路已經完成，用順行、逆行來區分，應該很好瞭解吧！」妻說道。

「上行、下行、順行、逆行，天啊！」

我正在努力分辨我頭頂上轉的星星是順行還是逆行。

「而且照這樣講，西部幹線更有可能會坐錯車。」妻又說。

「怎麼講？」

「西部幹線從『竹南←→彰化』這一段有區分爲『山線』與『海線』，這就更容易坐錯啦！」

「不會吧！我記得坐到這兩個叉路時，列車長都會廣播，以免有乘客坐錯站。」

「也對。」

「而且除了廣播之外，在剪票口與月台上都有乘車資訊不是嗎？」

「對對對！在火車站的月台，都會有個顯示器，寫經由『山線』或『海線』嘛！」

「是啊！可是台東又沒有區分山線或海線。」我不明白妻提出這點的用意何在。

「難道台東車站的告示牌上，『經由』這一欄就什麼都不顯示了嗎？」

「大概是吧！」

我這輩子還不曾去過台東，自然回答不出妻這個問題。

「你等等，我找個朋友幫我查一查。」

「原來妳除了推理迷的朋友之外，還有鐵道迷的朋友啊？」

「錯了，這位也是推理界的朋友，不過恰巧住台東市，我請他馬上去車站幫我確認一下。」

這麼有行動力！我不禁暗暗佩服起妻來。

一會兒之後，妻接到電話。

「我知道台東車站的告示牌上，『經由』這一欄寫什麼了。」

「寫什麼？」

「秘密。」

我把妻抓到懷裡，對著她的小巧嘴唇親了兩下。

「寫什麼？」我又問道。

「秘密。」妻笑得很開心。

「這麼喜歡我親啊！」我一邊說，然後對著她的耳朵下手。

「啊！住手！」

「說不說！」

「我說了。」妻投降了。

我馬上將妻扶起來。

「南迴、北迴。」

「什麼？」

「上面寫『經由南迴』與『經由北迴』。」

「原來是這個樣子，那就不可能坐錯車了嘛！」

「看起來是這樣。」

我不禁沮喪了起來。

照這樣看起來，根本就不可能會坐錯車嘛！

所以我推測潘中鼎以看到「上行」而上錯車的理論，可說是完全崩潰了。

【七】逆轉

我們冤枉好人之後，好一段時間都不敢和秀秀來往。因爲將她男朋友當成壞蛋，我們是有點心虛。

結果秀秀沒發現這件事，當然也就不在意，畢竟潘中鼎最終被證明是無罪的。

這天，秀秀約我們去見見她的男朋友，潘中鼎。

「這店挺不錯的嘛！」我說道。

地點是潘中鼎選的，在士林夜市旁的一間咖啡館，咖啡館位於高架捷運的下方，是間小屋子，四周被花草圍繞，十分雅致。

「我也喜歡這個地方。」妻說道。

「這一帶算是中鼎的地盤，選的店當然讚囉！」秀秀說。

「這麼說士林是中鼎兄罩的囉？」我開玩笑地說道。

「不不不，韋兄，不是這麼回事，不過就是在這一帶長大罷了。生長在這裡，唸書也在這裡，當然是熟一點。」潘中鼎解釋道。

「哦！我猜猜，銘傳大學？」妻說道。

「沒錯。我家在北投，銘傳在士林，兩區其實近得很。」

「呃，冒昧問一下您的國小、國中和高中念哪些學校？」我一時興起。

妻知道我想做什麼，手伸過桌底下捏了我大腿一把，我忍住痛。

「韋兄對我這麼有興趣啊！」

「我習慣對人有深入瞭解。」我隨口瞎扯。

「我讀文林國小、明德國中、中正高中，然後是銘傳大學。」

「都在士林北投這一帶啦！」秀秀補充道。

秀秀說的，恰好是我接下來想問的問題，這樣正好，我省得發問。

照秀秀這麼說的話，潘中鼎就是我理論中的「都市鄉巴佬」了！我暗自琢磨著。如果他是這麼一個鄉巴佬，那麼會有什麼事情是我曾經忽略的呢？

「你發什麼呆啊？」妻小聲問我。

難道我深思的時候看起來很呆嗎？

「沒什麼，這些都是好學校。」我胡亂應付過去。

一整晚，我對談話內容都心不在焉，我一心只想著怎麼把潘中鼎給定罪，但是一想到林香凰自己去買農藥，我就覺得又進了死胡同。

聊著聊著時間不早，我們一行四人步出咖啡館，秀秀與潘中鼎要送我們去搭捷運。路過一間金香店門口，潘中鼎說了句「等我一下」便走了進去。

「明天是初一還是十五？」我問道。

我想潘中鼎是進去買金紙準備拜拜。

「不知道耶，今天沒見到大茂黑瓜的廣告。」妻說道。

雖然這個素菜廠商很忠實地提醒觀眾明天要吃素，不過我們今天是下班以後就過來聚聚，根本沒時間看電視啊！

不一會兒，潘中鼎走了出來，手裡拿著一個用厚紙板包著的長條狀東西，我仔細一瞧，上面寫著「金剛棒」。

「那是什麼？」妻問道。

「這是大支的仙女棒，一支可以玩很久。」潘中鼎答道。

「你買這個是要……？」我問道。

「等送你們走以後，我要載秀秀去淡水看夜景，當然得帶點好玩的東西囉！」

「眞是浪漫！」

妻一臉羨慕的樣子：「你要好好學學啊！」

「好好好，我知道了。原來仙女棒是金香店在賣的啊！」

一瞬間我什麼都想通了，我輕摟妻的腰，向秀秀兩人揮手道別。

我們坐捷運回到台北車站，坐上往桃園的區間車，我把我的發現告訴妻。

其實潘中鼎還是兇手。

先前的推論是潘中鼎要毒殺林香凰，這個推論有一個極大的毛病，就是在於林香凰自己買了農藥，而且很痛苦地喝了大半瓶後身亡。所以她身上的字條只能認定是要嫁禍潘中鼎用的，但警方調查後認定林香凰是自殺，所以該紙條除了讓潘中鼎失去自由幾日之外，並無發生太大的作用。

我們又從秀秀的說詞中得知，潘中鼎怕人毒害他，飲食變得小心翼翼。所以我們對潘中鼎起疑，認爲害林香凰死的農藥是他所準備，他才會去擔心林香凰買的農藥會對自己不利。但是無法證實林香凰的毒跑到哪裡去了，如果這個毒沒有進潘中鼎肚子的話。

姑且不論林香凰是他殺或自殺，她遺留的字條說明了她是被毒殺的。警方的看法是，林香凰買農藥，林香凰自己喝下農藥，所以林香凰是自殺。我們認爲潘中鼎要毒殺林香凰，這個推論有兩個疑問要解決，若無法釐清就無法自圓其說。

首先，林香凰怎麼知道自己會被毒殺？

其次，林香凰買的農藥跑到哪兒去了？

針對第一個問題，林香凰可能在旅途中發現了潘中鼎要毒殺她，所以留下字條以保留線索。這個說法是有點問題的，林香凰如眞想留線索的話，大可趁機打電話給其他人以留下證詞，沒必要留下紙條在自己包包裡，放在包包裡很可能被潘中鼎取走。除此之外呢？林香凰爲什麼知道自己會被毒殺？還有一種可能，就是林香凰要自殺，她想要服毒自盡，所以計畫在服毒自盡後嫁禍潘中鼎。

針對第二個問題，假設林香凰要服毒自盡，她最終服的毒是誰準備的？是林香凰自己準備的？想必不是，若是的話，那潘中鼎大可不必這麼緊張。所以林香凰服的是潘中鼎準備的毒。既然林香凰服下潘中鼎的毒，那麼林香凰自己準備的農藥呢？既然林香凰在包包留下紙條，合理推斷她計畫在這一次的旅途中服毒。問題來了，毒在哪裡？

我左思右想半天，除了那瓶毒梅子綠茶是潘中鼎準備的之外，在她的隨身行李中只有一件是可以藏毒，同時讓現場看起來是潘中鼎可以下手的東西。

就是那瓶礦泉水。

警方發現死者身旁有梅子綠茶，化驗之後發現瓶中內容物與致死的毒物相同，一定認爲梅子綠茶就是毒物，不見得會想到再去化驗其他的隨身物品。死者的隨身物品讓家屬領回後，如果沒有立即處理掉那瓶水，那瓶水應該可以驗出有趣的東西，來證明我的推理。如果那瓶水有不同於農藥的毒物，那自殺的林香凰絕不可能特意準備兩瓶毒藥來自殺，一定有一瓶不是她準備的。

那林香凰買農藥又作何解釋？這很簡單，林香凰買農藥是被指認過的，但是她進農藥行只能買農藥嗎？就像潘中鼎進金香店，沒有買我預期的金紙香燭，而是買了「仙女棒」這種東西啊！所以我就猜想林香凰進農藥行不是爲了買農藥，而是爲了買也在農藥行賣的其他商品，究竟是什麼呢？我猜想應該是買「肥料」吧！

農藥與肥料，常是不分家的。

這麼一來故事就清晰了起來。

潘中鼎假意答應林香凰的回憶之旅，然後準備好農藥要毒殺她。他在林香凰最喜歡喝的梅子綠茶之中下毒，然後藉故離開，坐上往高雄的列車，使得事發之時自己能有不在場證明。

或許他也發現了從台東出發的列車都是上行，所以萌發了這個念頭，以爲「誤乘方向相反的上行列車」是個好藉口，結果沒想到車站告示並非以上行下行區分，而是以北迴南迴區分，如此一來藉口上錯車的託辭，就無法取信於人。

他急中生智，將「自己藉故離開而假意上錯車」這件事，描述成「林香凰帶他上錯車，然後藉故離開」。

雖然下毒得手了，但在知道林香凰留有紙條後，他非常惶恐，他沒料到林香凰竟然事先覺察他的意圖，非常擔心會遭到警方以殺人罪嫌移送。沒想到好運站在他這一邊，林香凰自己也去了農藥行，加上林香凰喝下大半瓶農藥，使得警方認定她是自殺。

雖然無罪獲釋，但卻無法抹去「林香凰買農藥」這件事在他心頭的陰影，所在飲食上變得十分神經質，擔心林香凰在生前就已下毒，要讓他在某一天中毒身亡。他相信只要小心謹慎，已死的林香凰是無法對他不利的。

說實在的，潘中鼎是個都市鄉巴佬，正好符合我對都市鄉巴佬的看法，他以爲喝一口農藥就會死，他以爲都是上行列車所以會搞錯，其實皆非如此。

林香凰在喝第一口梅子綠茶的時候，就應該發現口味不對而察覺異狀了。

但是她由於本就有意求死，而且連陷害潘中鼎的紙條都準備好了，加上沒想到潘中鼎竟眞的也要置自己於死地，當時內心應該相當悲憤吧！本來是要自殺然後陷害前戀人，沒想到在此同時，前戀人眼裡也已容不下她了。突然發現這件令她傷心欲絕的事實，使她原本的計畫就此大亂。

「你要我死，那我就死吧！」說不定她是這麼想的，至於喝的是哪一瓶毒藥，潘中鼎此刻在不在身邊，卻已不是那麼重要。原先我推測林香凰不至於在潘中鼎不在身邊的狀況下自殺，但是那是基於「林香凰自殺然後陷害潘中鼎」而得的推論，若林香凰得知潘中鼎有意謀害自己，那麼上述的推論是不是仍然正確，我是存疑的。

沒想到林香凰硬將農藥喝下後，卻塑造了自殺的樣貌。

這個案子其實很單純。

對林香凰而言，她想要自殺然後嫁禍給潘中鼎，沒想到置她於死的是潘中鼎準備的毒藥。

對潘中鼎而言，他想要殺人而後脫罪，沒想到林香凰同時在設計他。

只要警方確認一下林香凰遺物中的那瓶水，以及確定林香凰買的究竟是農藥還是肥料，就可以知道我的推論正不正確了。

回到家後，我再度撥電話到警察局。

一天之後，秀秀再度打來，她說警察依殺人罪嫌再度把潘中鼎逮捕了。

秀秀哭得很慘，但我與妻都沒敢多說什麼，深怕讓秀秀知道是我們搞的鬼。

不過在此時讓秀秀離開潘中鼎，應該也是好事一件吧！

【八】尾聲

「大姊，妳最近有在花園施肥嗎？」

「沒有啊！爲什麼這麼問？」

「院子裡的小雛菊不知爲什麼，最近開得很茂盛，好像營養特別好的樣子，我們挖一些種在二姊的墓前吧！」

「咦，眞的耶！那現在就動手吧！」

「好啊！」

眞假店員

Tung Blossom
Festival

Tung Blossom
Festival

Tung Blossom
Festival

現在是凌晨兩點多，剛剛才做完那件累人的事，正要離開時，卻有人要進門，我趕緊將東西藏好，藏好之後，趁那人不注意，打算偷偷摸摸溜出這家3C賣場，沒想到他無聲無息出現在我身後，把我嚇了一大跳。

「請問你們有沒有賣電茶壺？」男子開口問道。

怎麼會問我呢？我長得像售貨員嗎？我看了他一眼，是個年約三十歲的男子。我決定不理他，經過他身邊，打算往門口走去。

他一把拉住我。

「先生，你怎麼不理人呢？我問你有沒有電茶壺。」

他拉住我的黃色背心……咦？我怎麼會穿黃色背心？對了，這是剛剛才套上的。所以我現在外表還是這家3C賣場的職員，眞是好險，等一下出去之後得記得要把背心脫掉，以免太顯眼。

「有，有的，請你往家電那一區找一下，應該很好找。」

「還有貨嗎？」

「應該有，你去看一下，要是展示架只有樣品，它底下沒有貨的話，就是賣完了。」

這種量販店家的說辭，只要常逛就會知道了。

男子點點頭，「生意這麼好？」

「這很難講，像最近天冷，熱水瓶和電茶壺都賣得很好。你看那邊那個架子，不只貨架空了，連上面的展售品都賣掉了。」

「喔，我去找一下。」

最近連續幾波寒流來襲，我居然還得在這樣的深夜，在這樣的地方佯裝店員，眞是太辛苦了，還不都是史英哲那個渾蛋害的。好在剛剛已經處理完畢，史英哲這傢伙再也不會呼吸了，我只要趁機溜出去就行了。不過眼前這個男人卻剛好進來，我得把他打發走以後，再趕緊離開，以免夜長夢多。

買電茶壺應該很快吧！以前有在便利商店打工的經驗，加上現在收銀臺都很先進，結帳時只要刷讀碼機就好，應該不成問題才是。

最近在台灣到處都可見新開設的連鎖３Ｃ賣場，這家是名爲「燦發」，據老闆說，這樣可以同時吸引燦坤與順發的顧客，而且燦發有燦爛大發財的意思，一定會大賺錢的。我是覺得不可能會吸引燦坤與順發的顧客啦！因爲這老闆連制服背心都抄襲別人，如果我是顧客，我一定覺得這間店專門賣假貨。

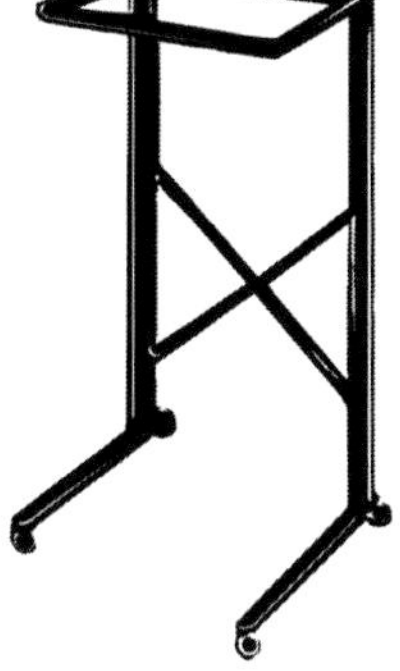

３Ｃ賣場雖多，但是二十四小時全天候營業的卻寥寥無幾，老闆就是看到這一點，才決定他的店要二十四小時營業，搶攻夜貓族的市場。不僅如此，還趕在春節前開幕，過年過節除舊佈新一定會淘汰一些舊家電，正好可以趁過年前賺一筆。也因如此，這家賣場很多地方都尚未完工，像是櫃檯後方的變電箱就還是裸露的，天花板上的日光燈也有一個區域是不亮的。最重要的是，現今隨處可見的監視錄影機，這家賣場還沒有安裝。

正因如此，也給了我絕佳的下手時機。

我叫做蘇權嘉，現年三十五歲，失業中，講好聽一點叫做待業中。自從大學畢業退伍後，我透過了許多關係，其間還塞了不少紅包，才在中央級的政府部門占到了一個約聘的缺，雖然名為一年一聘，但是熟悉內情的人都知道，沒有背景是當不了約聘的，也因此，一年一聘只是虛晃一招，實際上都是位置一占就占到退休，在我沒捅出那個簍子以前，我也安安穩穩做了八年的約聘人員，職稱還挺好聽，叫做「研究員」。

史英哲與我同年，是我當兵時的同袍，他是理工科系背景的，不知道是資工還是電機，總之是那方面的科系，他大學畢業後沒考上研究所，所以也沒能如他期待的進入科技公司服國防役，於是就和我一樣當一般兵，退伍以後，他就進入了某家電腦公司。

本來我們只是軍中同胞的關係而已，但卻因為業務的性質而有了接觸。

現代社會變遷快速，連政府部門也不例外，以往政府聘用人員、採購設備以因應施政所需，但在政府再造組織瘦身與預算吃緊的情形之下，彈性化的措施也開始出現在政府部門，在人力方面，一些無關緊要的工作開始以外包方式讓民間公司承攬，在硬體設施方面，以承租方式取得所需設備。

史英哲服務的電腦公司正是這方面的專門公司。試想，租電腦一定比買電腦便宜，而且連服務也一起承租下來，政府部門不僅無須支出購買電腦的成本，也無須負擔採購、保管財產、報廢的工作，連維修的人員亦無須聘請，在「省錢」爲最高原則的大旗之下，提供這種服務的業者倒也欣欣向榮。

有次由於我服務的中央級機關有項新增全國性的業務，要委辦給下級機關來執行，方法就是剛剛說的外包方式，我的機關只編列足夠的預算，與八名正式職員給該機關，其他的全部都用外包人力，至於你要問我外包人力有沒有接受公務員訓練、有無能力去執行這項業務？那根本不會有什麼問題，想想我剛當約聘「研究員」的時候，還不是什麼訓練都沒有，位置占了做了再說。再者這業務都委辦出去了，要是出了包當然得由那個執行機關負責，我身爲主管機關，只要在閒暇之餘辦幾個公文關心一下業務推展狀況，再附加一句「若有推展困難之處，請務必隨時函報本部」便行。萬一眞的出事，我就可以堂而皇之地說，本機關已多次函告某某機關需回報困難等等的官樣文章，是那機關自己沒回報，結果出事的。

這就叫做「做官的藝術」。在進政府機關之前，我是絕對沒有想到，連當個約聘的，都可以有這樣的「官威」。

在這樣萬無一失的狀況之下，沒想到我居然還是出事了。

這項業務的電腦全向史英哲的公司承租，當初他們報價、我們這邊簽准，因爲是新業務，所以在籌備期間都還是由主管機關負責，在業務開辦之後才是由委辦機關負責，結果在用了幾年的第一批電腦準備要汰換的時候，卻發現當初簽約的電腦規格與實際電腦規格不符！

這案子追查下去，就發現是當初點交的時候並未確實查核，而那個章，好死不死就是我蓋的。雖然我蓋章之後，還得給科長、副司長、司長、次長等等長官蓋章，但是基於「官場倫理」，有功從上面開始往下給，有過則由下往上辦。這回出了包，我是最下面的那個「研究員」，本來後台就不夠硬的我，結果竟然遭到不續聘。

史英哲告訴我，當初報價是沒有什麼問題，但是電腦所配的光碟機當時台灣缺貨，他們認爲就算台灣缺貨，那向美國等其他國家總是一定調得到貨，所以在台灣缺貨的狀況之下彼此簽約，但不巧的是在電腦要交貨的時候美國也缺貨了，只得臨時安裝他牌光碟機，原先這種情形他們是得告訴我，然後我要簽報給長官，看長官准不准，按一般情形是一定會准，但是史英哲根本沒告訴我光碟機缺貨這件事，我自然沒向長官報告，結果他換的光碟機是更爲廉價的機種，糊裡糊塗就變成我涉嫌圖利廠商了。

我丟了官，史英哲也好不到哪裡去，他的公司簽不到後續的約，老闆一氣之下就把他解雇了。失業之後，我一時找不到什麼好工作，史英哲雖然工作也沒了，但是他尙有積蓄，基於對我的虧欠，失業的半年以來他陸陸續續借給我不少錢。他則到親戚經營３Ｃ賣場上班，原先是沒什麼問題，但是他似乎認爲３Ｃ賣場有利可圖，所以想把欠款收回，要去開設分店自己當店長。

他不想想我現在這麼潦倒都是拜誰所賜？竟然急著把錢收回去，這不是逼我走上絕路嗎？今晚喝了幾杯小酒後正要就寢時，又接到他的電話，他跟我說要好好談談，我才會在這個時間到這家３Ｃ賣場來，賣場除了他在櫃臺値夜班，空無一人。

果然兩人見面沒什麼好話，他先動手打我一拳，我就隨手拿起手邊的電器，把他腦袋給開了。瘋狂擊打之後，我突然清醒過來，我發現手握的是一把按摩背部用的健康按摩器，上面紅紅的都是血。怎麼辦？我靈光一閃，對了，把收銀機的錢都拿走，偽裝成強盜殺人！我將收銀機打開，以及櫃臺附近的抽屜都拉開，再把史英哲身上的皮夾拿走，試圖擾亂日後警方的調查。好在他的血沒濺到我身上，好不容易完工之後，我正要逃走，卻在遠遠發現有人在門口停車，像是正要走進來的樣子。我趕緊找了個裝電視的大紙箱，將史英哲的屍體給蓋住，把凶器也丟進去，然後隨手拿起掛在旁邊椅背的黃色背心，將其穿在身上。

「歡迎光臨！」眼見逃不掉，我只好佯裝無事。那人沒理我，就往後面的展示區走去，我正打算慢慢地往門口逃走，沒想到他無聲無息出現在我身後，把我嚇了一大跳，我告訴他電茶壺在家電區，他又緩緩離開。

既然臉都被他看見了，我還是讓他毫無懷疑地離開這裡才好，以免等一下他發現櫃臺沒有人，又發現這裡亂七八糟，馬上報警，警察馬上就會發現有具屍體在這裡，我想還是讓屍體愈晚被發現愈好。我只好回到櫃臺，將剛剛自己弄亂的地方給整理好。

「這不是自己給找自己麻煩嗎？」我心裡自言自語道。

整理完櫃臺，正在胡思亂想之際，剛剛那男子又出現在我眼前，他拎著兩個電茶壺走向我，他問道：

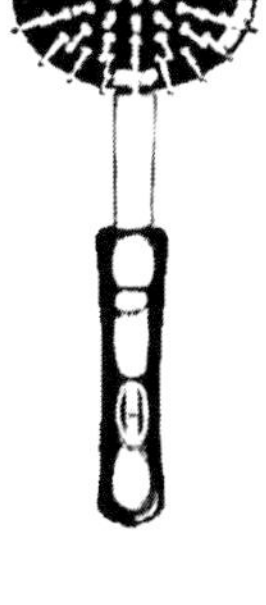

「請問這個有沒有防乾燒設計？」

電茶壺裡面如果沒有水卻將開關啓動的話，會導致電茶壺燒壞，我以前就曾經有過這種經驗，所以我瞭解他問的是什麼問題。我拿起電茶壺來仔細端詳，壺底貼有品名，原來俗稱的「電茶壺」叫做「電動煮水器」，上面只有註明容量、產地、適用電壓等等規格，並沒有說是否防乾燒。

「到底有沒有啊？」

我裝模作樣半天，卻不知道它究竟有沒有防乾燒，只得信口胡謅：

「有的，我們這裡賣的電茶壺都有防乾燒設計，舊型的電茶壺有些會沒有，由於考量到萬一賣出沒有防乾燒設計的，可能不小心導致意外，造成消費糾紛，所以本公司只賣有防乾燒設計的產品。」

男子點點頭。

「那這兩個有什麼不一樣？」

「先生，這一個是飛利浦的，而另一個是百靈的。」

「難道我不會自己看嗎？我是問功能有沒有什麼不一樣啦！」

「先生，電茶壺的正式名稱叫做電動煮水器，都是用來煮水的，難道您會用他來量體溫嗎？」我把剛剛讀到的品名拿出來講。

「哼！」

男子對我的答案似乎相當不滿，我對他講話這麼不客氣，要是他一

氣之下馬上離開，那麼就正中我下懷了。

不料事情似乎沒有這麼順利，他再度走進展示區中。

本來想趕緊打發這個人，就在此時，居然又進來一個人。

天啊！我該不會就這樣陰錯陽差幫死人值班到天亮吧！我在心中吶喊道。

「歡迎光臨！」我有氣無力地說道。

進來的是一名年輕人，看起來像是半夜玩線上遊戲不睡覺的大專生，想到自己繳稅讓政府蓋學校給這些人去浪費，就覺得心裡有氣。

年輕人走向視聽區，不知道在挑選什麼東西，不一會兒，他就拿好東西走向櫃臺。

原來是耳機，我仔細一瞧，還是無線耳機。

「有沒有四號的鹼性電池？」他問道。

我環顧四周，果然有，鹼性電池這種小包裝高單價的東西，總是擺在收銀臺附近，以便就近看管避免遭竊。

「先生，我不建議您買無線耳機，因爲這款無線耳機的電池是裝在耳機上的，所以耳機的重量會比一般耳機重，若使用時間過長脖子會痠，而且在電池要耗盡的時候，會出現像收音機收訊不良般的雜音。若搭配訊號發射器，其實挺佔空間的。」

我話一出口就後悔了，我跟他說這麼多做什麼？他買什麼干我屁事？他只要早點離開，就沒我的事了。我忍不住偷偷瞄向身後的那個大紙箱，希望史英哲的血不要在這時候突然流滿地。

「干你屁事。」年輕人冷漠地說道。

這大概是有生之年第一次被人這麼說，心裡還很開心的。

對對對，干我蘇權嘉屁事，你付過錢就快滾吧！我在心裡自言自語。

我快速將東西刷過讀碼機，一共是一千兩百元，他拿出一千五百元給我，我鬆了一口氣，還好他付現，要是他拿出信用卡，我還不知道要怎麼操作呢！要知道，我以前時在便利商店上班，而那時便利商店哪裡有讓人刷卡的呢？

收過一千五百元，我按開收銀機，發票印製的聲音吱吱吱作響，收銀機一彈開，差點沒把我嚇出一身汗，我忘記剛剛爲了塑造賣場遭搶的模樣，把現金通通都塞進口袋了！我不動聲色地將收銀機推回去，然後在口袋裡摸索三百元出來，連同發票遞給對方。

他一臉狐疑地接過發票與找錢，轉身就離去了。

呼！我大大喘了一口氣，看到這樣的年輕人半夜出來買耳機，就知道一定是半夜玩線上遊戲太吵，被家人或鄰居責罵，只好出來買耳機，果然是只知道對自己好的年輕人，買個耳機還買無線的，告訴他我自己的經驗他居然不領情。

哼哼！

「請問……。」

突如其來的聲音，把剛剛鬆懈下來的我嚇了一大跳。

買電茶壺的男子還在啊！

「是，有什麼需要服務嗎？」我強作鎮定，不知道他剛剛有沒有看到收銀機是空的這一幕。

「我想請問要是我買電磁爐的話，你們這邊有賣一般煮水的茶壺嗎？」

聽了這問題我差點沒暈倒。

「先生，我們這是3C專賣店，並無販售一般茶壺，如果您要煮水的話，爲什麼不買電茶壺就好呢？或是乾脆買一個熱水瓶？」

「我想要是買電磁爐的話，還可以煮火鍋啊！」

「……。」我無言以對，他跟我講這個幹嘛？

「不過你的主意不錯，我去看看熱水瓶。熱水瓶在哪一區？」

「也在家電區，你剛剛沒有看到嗎？」

男子再度鑽進展示區，把我給氣壞了，這人怎麼如此夾纏不休！這樣我要拖到幾時才能走啊！我看再這樣下去，萬一警察找他問嫌犯的長相，他一定記得非常清楚。等一下要是他再來，我一定要故意跟他吵架，把他氣跑。

好在這樣的深夜，天氣又冷，根本沒什麼人會來這種地方，我被閒雜人等見到的機會實在是太低了。

男子像是下定決心一般，抱了個小箱子走到櫃臺，我一看，結果還是電茶壺。買個電茶壺需要想這麼久嗎？我心裡想。

「我要刷卡。」

他話一出口我就愣住了，我不會用刷卡機，我得想個辦法搪塞過去。

「先生，我們店剛開幕不久，還沒有裝刷卡機。」我說道。

「是嗎？那一台是什麼？」他指著收銀機旁的機器，的確是一台刷卡機沒錯。

「它是刷卡機，可是銀行還沒有來接線，所以現在雖然有機器，可是還不能用。」

刷卡機究竟是不是銀行會來裝，其實我也搞不清楚，管他的，只要眼前這人趕緊走了就好。

「那……那我付現好了。」

他做出掏皮包的動作，突然間像是什麼東西不見了一樣。

「啊！」

「請問怎麼了嗎？」

「我皮包不見了。」男子說道。

「該不會是您忘記帶出門了吧？」

半夜出門，忘記帶皮包應該是很有可能的。

「不可能啊！我出門的時候還檢查過的！」男子一臉不可置信的模樣。

「會不會是掉了？您要不要留下您的資料，我們明天打掃的時候幫留意一下，找到再通知您！」我說道。

「對，說不定是掉了，我回頭找一下。」說完他就往每條走道去尋找他的皮包了。

「先生，你留一下聯絡電話，明天找到的話會通知您的。」我高聲喊道，現在我一心想要趕緊離開，想打發他走，不過他似乎沒有聽到我的話。

「對對對，我的皮包掉了……」

我大吃一驚，他現在像是在講手機。他究竟是打給誰呢？

不一會兒，他再度走近收銀台，我已經搞不清楚這是他今晚第幾次在這裡走來走去了，我只希望他快一點走。

「剛剛我打給我老婆，」男子傻笑：「她罵了我一頓，她要我馬上報警。」

「報警！有必要嗎？」我心下一凜：「叫警察來抓誰啊？」

「我猜是剛剛那個年輕人摸走我皮包的，你不覺得他看起來有點鬼鬼祟祟的，看起來很討厭嗎？」男子說道。

剛剛那個年輕人，看起來是很令人討厭，不過眼前這個人更令我討厭。

當然我沒說出來。

「你怎麼會覺得是他摸走的？」

「因爲他剛剛路過我身邊時，裝模作樣地撞了我一下。扒手不都是這樣的嗎？」

「可是你現在叫警察沒有用吧！他已經跑走了。」我想要安撫他。

「當然有用啊！剛剛他在視聽區那邊磨蹭了半天，東西上面一定很多他的指紋。」

「這倒十分可能。」我說道。

經他這麼一說，我現在才想起，剛剛我的指紋，已經不知道留下多少了！眞是好險，我趕緊找了抹布，開始在我曾接觸過的地方抹了起來。

「你的動作好像有點緊張啊？」男子說道。

「會嗎？」我說。

「値夜班很辛苦喔！」

「對啊！不過我想存一點錢以後，自己也開一間這種賣場。」我把倒在我身後的史英哲的願望說了出來，可惜他再也無法實現了。

「我常常在電視上看到，那種深夜搶便利商店的人最可惡了，也不想想値夜班這麼辛苦，他還去搶。」

「辛苦也沒辦法。」我開始不明白他講這個要做什麼？該不會他想……

「你不要這樣看我，我不會搶你的啦！我剛剛就看到收銀機裡面一毛都沒有，我有必要去冒險搶這麼小的店嗎？」

「是是。」總不可能我剛剛要僞裝這間店被搶，結果我在僞裝店員的時候，反而眞的被搶了吧！

天底下哪會有這麼巧合的事！

眼見他就站在櫃臺前看著我東擦擦西抹抹，我忍不住開口問道：

「先生，那你的皮包被扒，你怎麼辦呢？」

「我要報警啊！」

「我剛剛不是跟你說過報警沒什麼用嗎？你還站在這，難不成是想要我幫你報警？我告訴你，我覺得沒有用，所以我不會幫你報警的。」我裝作有點生氣的樣子說道。

「沒關係。」男子笑笑地說。

「爲什麼沒關係？」我疑惑道。

「因爲我剛剛就已經撥電話報警啦！」男子仍然面帶微笑。

「什麼！」

我十分意外，原來他剛剛不是撥給他太太！

不過我並不擔心。

「這種小竊案，警察不可能會過來的啦！他一定會要你自己去警局報案。」

「你說的不錯，這是小案子，警察不會過來，但若不只是竊案而已呢？」他意味深長地看了我一眼，「等等警察就會到了。」

完蛋了！警察一來，一定馬上就會發現我身後箱子內的屍體的！我說什麼都得趕緊離開了。

「先生，你在這裡等警察，我去隔壁便利商店一下。」我打算趁機開溜。

「你不要急嘛！在這裡一起等，等等警察應該也會問你話。」

「陪你等是可以，可是我現在精神很差，快要睡著了，讓我去買杯咖啡再回來。」

「不行啦！警察來的時候要是你不在，我會很困擾的。」男子說道。

我不理他，正打算邁出櫃臺，此時一輛警車閃著警示燈，快速在門前停下。

我拔腿往門外衝去！

「警察，抓住他！」

我身後的男子對著步下警車的警察喊道。

我心裡一慌，沒注意到停在騎樓邊的機車，我被絆倒，跌了個狗吃屎，這時警察已經到我身後，兩個警察把我架了起來。

男子向警察說我不是眞的店員，眞的店員不知道怎麼了，可能被我綁了起來或是什麼的，希望警察好好弄個清楚。

警察原先一臉狐疑，但是他們很快就發現櫃臺後方那個紙箱很突兀礙眼，弄開一看，就發現史英哲悽慘地倒在那裡。

然後我就被銬起來了。

我覺得自己眞是倒楣透了。

既然屍體都已經被發現，我也懶得再去辯駁什麼了。

這個時候進來一名女子，是今晚我僞裝店員的第三名客人，管他的呢！她要買什麼，干我屁事呢？

沒想到女子一進來，就把就把那男子罵了一頓。

「韋達霖！叫你買個電茶壺給我拖拖拖，你動作眞的很慢耶！」

「就有突發狀況嘛！月理，妳別生氣。」男子辯解道。

看樣子兩人關係匪淺，應該是夫妻吧！

警察向那韋姓男子問過話之後，男子偕同他的女伴準備離開。

「等等！先不要走！」我出聲喊道。

男子停下腳步回頭過來：

「什麼事？」

「我想問問，你什麼時候知道我不是眞的店員？」

我說出心中的疑惑。

男子看著我，他搖搖頭，嘆了口氣：

「你沒說幾句話就洩了底，你看看我進門時你指給我看的那個架子，那不是貨都賣光所以空了，那個架子是商品，叫做乾衣機架，顧客買回家之後，可以在上面放乾衣機，在下面放洗衣機，所以，它本來就是空的。你要是眞的店員，怎麼可能會不知道呢？」

男子說罷離去，留下雙手被銬住的我，呆立原地。

洋娃娃

Tung Blossom
Festival

Tung Blossom
Festival

Tung Blossom
Festival

僅以此文紀念〈妹妹揹著洋娃娃〉的詞曲創作人周伯陽、蘇春濤先生

今天我遇見一位老太太。

這天月理生理痛，所以只有我一個人出門上班，本來打算也請一天假在家照顧妻的，但是想起今天下午有重要的會要開，不能不出席，只好在取得月理的諒解後出門。

或許是前一陣子我倆剛搬了新家，在適應新生活的期間，把生理時鐘打亂了吧！月理這次生理痛，痛得特別厲害。

社區附近就有公車亭，我準備搭社區巴士去桃園火車站。不過今天公車亭的位置似乎不太對勁，似乎比印象中近了一些，不過管他的呢！要是變近的話，我也樂得少走幾步路。

猶記得公車亭是去年底桃園市市長選舉前興建的，除了遮風避雨的功能之外，還有三張椅子，可供候車的民眾使用。

我走到公車亭的時候，一個人也沒有，想必是前一輛公車才剛駛走。不想久站，所以我坐了下來，原本該有三張椅子，現在只剩一張，另外兩張只剩下殘破的鐵架而已，依照台灣的選舉文化，或許在下次選舉的時候，椅子就會修好吧！

我無從選擇地在唯一的一張椅子坐了下來。

這個景象讓我想到以前位於南京東路的台北市立棒球場。中華職棒創立之初，經常在該球場舉行比賽，而比賽遇到爭議時，火爆的球迷就將內野的塑膠座椅拆下，丟入場中以示抗議。被砸入場後的座椅，就只剩空蕩蕩的兩根支架，很是寂寞。沒有了塑膠座椅的位子，叫人站也不是、坐也不是，那要時常滿座的球迷如何是好呢？

球場方面倒也反應明快，你要拆，我就先下手爲強，把所有的座椅都拆掉，看你要如何將座椅丟入場。所以後來的台北球場就沒有座椅了，全國首善之區的棒球場，爆滿的一萬四千名觀眾，全部坐在冰冷冷的水泥地上。

後來這個問題倒是眞正徹徹底底地解決了，因爲南京東路上的棒球場整個被拆掉了，在後來新的天母球場啓用之前，這幾年間，台北市的球迷連想坐在水泥地上看比賽，都是種奢求。

殘缺的椅子讓我掉進回憶的時空。

才坐下來沒多久，不遠處走過來一個老太太，在我身旁停下。

「應該是要搭車吧！」我如是想。

所以我起身讓座給她，她坐下了。

老太太看來年紀已經很老了，頭髮像染過的一樣白，用黑色的網子包覆頭部，最後弄了個髻；臉上的皺紋十分深刻，就像飽經風霜一般；鼻子很尖，像是壞巫婆會有的鷹勾鼻，不似東方人會有的鼻子。

「謝謝你啊！」老太太說。

「不客氣。」我說。

老太太的聲音與她的外表相符，有著微微的沙啞聲，我不禁好奇她已經幾歲了？

我不太喜歡上了年紀的老人家。

記得小學的時候，剛學會騎腳踏車，就央著爸媽買輛腳踏車讓我作爲代步工具，爸媽很疼我，買了一部名牌越野車給我。越野車很方便，既輕巧好鑽又拉風，所以我總是騎著它。有一次在放學的途中，我正騎著越野車，前方有一老先生穿著白色麻料上衣，緩步踩著那種舊式的自行車，我心裡盤算了一下，決定要加速超車。

一般說來，超車應該由左方爲之。但是這個老先生騎車不騎在路肩，他騎在慢車道上，由於我深諳「馬路如虎口」的道理，我不想由左方的快車道超車，所以決定由右方超車，右邊的距離夠寬，應可允許我順利經過。

世事難料。

就在我自鳴得意於可以在如此短暫的時間做出如此精準的判斷時，我的越野車也正順利經過老先生的身邊。沒想到人算不如天算，老先生居然在此時往路旁啐了一口痰。說痰也不是痰，就是那種「喉——呸！」的口水與痰混合液。我不是正從他的右邊經過嗎？他頭往右一偏，吐了一口痰，不偏不倚往我臉上招呼過來。

「好噁心。」我心裡只出現這三個字。

我沒有放慢速度，一邊騎車，一邊用制服當毛巾，拼命把口水擦掉。

「臭老頭！臭老頭！我討厭亂吐痰的臭老頭！」

我在心裡咒罵，嘴也不敢張開，深怕一不小心就吃了什麼不乾淨的東西進去。但鼻子卻不能憋住，要知道飛快踩腳踏車時，呼的氣才大口呢！由於嘴不能張，所以我就一直聞著別人的臭口水的味道，直到回家。

這是我童年時期一樁深植於心的悲慘往事。

所以讓位給這位老太太後，我下意識地站開了一些。

就在我站開的同時，天空中響起了雷聲，然後烏雲以我從未見過的速度，迅速密集在一起，滴滴答答的雨點馬上落了下來。直到這個時候我才知道，這個公車亭除開壞了兩張椅子之外，連上面的遮雨棚也損壞了。

爲了避開滲下的雨水，我只好站回剛剛的位置——老太太的身邊。

「這雨眞急啊！」我說了句話以掩飾我的侷促。

「天要下雨，誰攔得住呢？」老太太說。

「嗯。」我記得好像還有「娘要嫁人」這句話。

「娘要嫁人，也是天意不可違。」老太太竟像是讀到我的心思一般。

「不錯。」

「我娘原先就沒打算嫁人，所以原先是沒我的，沒想到她嫁了人，還生了我。」

不會吧！老人家的話匣子是很恐怖的。

「這故事不長，你就聽聽吧！」

又一次，老太太猜中我在想什麼，我愣住了。

「很多很多年以前，在我母親十多歲時，她跟著我祖父來到台灣，祖父是學西醫的，所以到台灣的時候就理所當然地以看診維生。

「以前跟現在一樣，醫生是個高所得的行業，執業不久後，祖父便在桃園一帶置產，蓋了兩棟樓，分成前後二棟，前棟就當成醫院，而祖父、母親與幾個護士阿姨們就住在後棟裡。

「我依稀記得，前棟門前有氣派的水池，而後棟之後還有個花園，母親最喜歡在花園裡弄那些花花草草了。

「由於祖父當醫生，自然家境維持得很好，社會地位也高，所以一些有點家世背景的公子哥們，就開始對母親獻殷勤了。母親不爲所動，她不喜歡那些靠父蔭的輕浮之輩，所以儘管母親正値二八年華，媒人婆也不知來過多少回了，母親就是沒有中意的。祖父是個思想開明的人，母親早嫁或晚嫁甚至不嫁，他也無懼外人的異樣眼光。

「要知道，祖父是與母親兩人一同到台灣的啊！那樣的親情羈絆，不是外人所可以輕易理解的。

「一直到了母親二十歲那年，醫院裡住進了一個二十八歲的年輕學者，聽母親說，他現在正在探查台灣的高山地形，在登山過程中不慎摔斷左腿，因此才會送到祖父的醫院來。」

我這時心裡出現個念頭，但沒說出口。

「母親愛上了這位獨立而果敢的有爲青年。」

老太太眞能知道我在想什麼，於是我索性什麼都不想了，專心聽她說的故事。

「在年輕學者復原的過程之中，母親時常圍著他，要他多說一些在台灣各地闖蕩的見聞，年輕人樂於分享他的經驗，這些話題對於母親有相當大的吸引力，年輕人健談、勇敢、獨立，使母親一見傾心。

「這個年輕人就是我的父親。」

果然如此。

「我父親在腿傷治癒之後，繼續完成他的高山探查之旅，他們相約兩個月後成婚。然而兩個月後父親並未出現，輾轉從他人口中得知，父親在海岸山脈附近失足墜落山谷，母親極度傷心，但是她胸懷著父親的堅強。九個月後，我就出世了。街坊鄰居以不雅的字眼批評母親，但母親與祖父都不以爲意。要知道，憑著指腹爲婚、媒妁之言而成的婚姻，有什麼資格去嗤笑自由戀愛的結晶呢！

「醫院裡的護士阿姨們也都很疼我。尤其是一個名叫淑珮的阿姨，我們都叫他珮姨。她很疼我，每當她七歲的女兒過來醫院時，她都叫她女兒揹著我到處去玩。她女兒還小，而我又愛哭、又愛黏著媽媽，所以說到處去玩，也就是醫院的前棟與後棟四處轉轉而已。

「還有一個年紀較長的護士阿姨，讓我想想，大家叫她素英姨，她那時已經四十多歲囉！素英姨有一個二十七歲的兒子，叫做伯濤，小小時候就送去日本去學音樂了，去了好長一段時間，有次學期結束後回到台灣，他來醫院探望他的母親，伯濤哥見到我母親，驚爲天人，想要追求我母親，但是他看見了我，不敢相信母親已經有了孩子，他告訴自己是有緣無份，才死了這條心。

「他在台灣這段期間，常常來醫院看我母親，也順便看看素英姨，他對我挺好的，見到我與珮姨的女兒玩在一起，都把我們叫過去，然後唱日本最新的流行歌曲給我們聽，我們當然都聽不懂，但是腦海裡記得旋律似乎不錯，因爲聽一聽就想睡覺。

「後來有一次，珮姨的女兒揹著我在花園遊玩，我想尿尿，我就哭了，母親就趕緊從醫院跑出來，看我發生了什麼事情。我眞的很愛哭，爲了想尿尿的小事都可以哭，還害小姊姊挨了珮姨的罵，因爲珮姨以爲是小姊姊把我弄哭的。還好小姊姊沒有因此討厭我，還是對我很好。

「伯濤哥當時也在現場，他興致一來，就當場作了一首歌曲送給我們，歌詞是這樣的：『妹妹揹著洋娃娃，走到花園來看花，娃娃哭了叫媽媽，樹上小鳥笑哈哈。』」

「哈哈！」

本來我是凝神傾聽的，反正雨下得正大，公車又還沒來。但是聽到老太太那樣說，我禁不住笑了出來，這老太婆說的是正經的吧？

我一笑，雨勢就更大了。

「伯濤哥是學音樂的，所以靈感一來，很快就做好這首歌詞簡單，曲調朗朗上口的歌。」老太太繼續說。

顧不得老太太是否可以直接知道我的想法，我開口了：「這著名兒歌大家都知道，只是我沒想到歌詞中的洋娃娃就是您，眞是久仰大名。」

老太太點了點頭，像是在對我說：「哪裡哪裡。」

我繼續說道：

「不過這首歌有個致命的疑點，使得這首歌從普通的童謠，變成了讓毛骨悚然的歌。若歌詞是『妹妹揹著小娃娃，走到花園來看花，娃娃哭了叫媽媽，樹上小鳥笑哈哈。』這樣的話，就沒問題，小娃娃會哭很正常，但是歌詞卻是『洋娃娃』，洋娃娃是金髮碧眼的人形玩偶，那怎麼會哭呢？要是會哭，不就嚇死人了嗎？要是堅持用『洋娃娃』塡詞的話，那最後一句歌詞勢必得改，改成『樹上小鳥痺痺剉』。」

我最後三個字，還用閩南語唱，以求押韻。

雨很大，我不得與老太太站更近，靠近她的地方比較不會淋到雨。

「伯濤哥後來就回到日本繼續讀書了。」

老太太竟然不理會我的質疑，自顧自地說道。

「祖父行醫一輩子，後來退休後就把醫院企業化經營，自己當董事長，請了一些年輕醫師來任職，母親則是與護士阿姨們學習護理技術，最後也是當了一輩子的護士，她終身未嫁。

「我也算是受到他們的影響，讀了護專，繼續當護士。現在年紀也一大把囉！不過還是有些不方便。

「直到前幾年，醫院的人幫我們上街頭，還找了一些記者朋友來關心，終於獲得政府的重視，在兩年以前，我們取得永久居留證以後，才總算是名正言順地在台灣居留。」

「居留？」

「看不出來嗎？」

我側著腦袋，緩緩搖了搖頭。

「我是台荷混血兒，我母親，是荷蘭人。」老太太說。

荷蘭人！她剛剛一直說「到台灣」，我一直以爲是她祖父與母親，是所謂的「外省人」，從中國大陸過來的！

老太太年紀太大了，外表很難看出什麼特徵，就像女性在更年期以後，停止分泌女性賀爾蒙，所以後來的老太太與老先生都長得愈來愈像。每次電視新聞介紹牽手數十載的老夫婦時，我都搞不太清楚哪一位是老先生，而哪一位又是老太太。

老太太居然是荷蘭人！這種震驚我曾有過。在故總統蔣經國先生的夫人——蔣方良女士過世時，新聞大幅報導蔣方良女士的生平事跡，我才驚覺，原來蔣方良女士是俄國人。我問了周遭的人，他們都表示知道這件事，而我卻毫無印象從小到大有人告訴過我這件事，我只一直覺得，蔣方良女士的龍鍾老態怪怪的而已。

「荷蘭人啊！」我喃喃自語。

我總算瞭解爲什麼剛剛老太太不回應我了。

洋蔥、洋芋、洋香瓜、洋裝、洋菸、洋酒，這些都是洋人帶來的玩意兒。就像胡瓜、胡蘿蔔、胡琴、這些都是胡人帶來的東西。由於約定俗成使用習慣，我幾乎要忘記「洋蔥是洋人之蔥」、「洋裝是洋人之裝」、「胡蘿蔔是胡人之蘿蔔」了。

「是啊！」老太太說道：「所以洋人的娃娃，當然就叫洋娃娃囉！」

老太太知道我在想什麼，我已不覺意外。

「何靈異之有呢！」我不禁啞然失笑。

此時雨已停止，烏雲迅速散去。老太太起身，離開。

咦，她不是要搭車嗎？我怔在原地。

「達霖！你站在這做什麼？」突然間，有人拍我的肩膀。

我回頭一看，原來是月理。

「我？我在等公車啊！倒是妳，妳怎麼跑出來了？」我問道。

「你出門以後，我在床上躺了一陣子，一會兒時間過去，我突然就不會痛了，所以我就起身出門，看能不能追得上你。你看看你，你站在什麼地方等公車啊？」

我抬頭望向四周，我站在一個破敗的落地櫥窗之前，櫥窗上頭的木質部分，斑駁的字跡依稀可見「德記洋行」四個字，櫥窗裡滿是灰塵與蜘蛛絲，櫥窗底勉強可辨識的深藍色布墊，像是曾經展示過什麼稀世珍品一般。櫥窗裡沒有我預期的洋娃娃。

是啊！洋娃娃剛剛走了呢！

「妹妹揹著洋娃娃，走到花園來看花，娃娃哭了叫媽媽，樹上小鳥笑哈哈。」我輕輕哼著。

「你今天早上怪怪的喔！」妻說道。

「我告訴妳，今天我遇到一個洋娃娃……。」

＊ ＊ ＊

聽完剛剛的故事，妻說道：

「你不是遇到洋娃娃，你是遇到媽媽了。」

「什麼？」我沒搞懂妻的意思。

「你說那老太太多那年紀？」

「依外表看起來，至少七十歲。」

「那就是囉，如果她所言不虛，根據她說的內容，我們抓出幾個重要時間點，就知道她的身份。」

「妳還是說清楚點好了。」我迷糊了。

「外國人在台灣可以取得永久居留權是什麼時候的事？」

「就幾年前而已吧！」

「沒錯，是二〇〇二年六月的事。」

「嗯。」

「當時的新聞報導挺多的，主要都是感念這些外國人對台灣的貢獻，像是埔里基督教醫院創辦人徐賓諾夫婦、著名英語教學雜誌的創辦人彭蒙惠女士等等的知名人士都受惠了。」

「這新聞我有印象。」

「這些外國人都在一九五〇年的前後，有從中國大陸、也有從他們的祖國前來台灣，如果老太太的母親也是這一波來台灣的，那根據她的說法，她母親來台灣時才十六歲，也就是說，一九三四年出生的。她在二十歲時遇見另一半，二十一歲生產，所以推測那個洋娃娃是在一九五五年出生的。如果洋娃娃在一九五五年出生，現在也不過五十多歲而已，五十多歲的婦人家，有可能會讓你誤會爲七十多歲嗎？」

妻這麼一說，我才發現在時間上是完全說不過去的。

「總之，老太太不可能是兒歌中的洋娃娃，」妻繼續說道：「如果她不是洋娃娃的話，那她會是誰呢？」

「按年紀看來，那就是推估爲一九三四年出生的媽媽了。七十三歲，符合我看到的外表。」

「而且她的描述中有一個稱謂用得十分奇怪，你有沒有發現？」

「沒有。」我老實說了。

「她稱呼寫歌的那位爲『伯濤哥』，如果老太太就是洋娃娃的話，這位『伯濤哥』年紀比她父親略小，她應該稱呼其爲『伯濤叔』才對。」

我想了想，然後愼重地點了點頭。

「會稱呼『伯濤哥』，應該就是當時年紀略小的媽媽了。所以我說你遇到的不是洋娃娃，你遇到媽媽了。」

妻說完後，我深表贊同。

「不過，」我說道：「如果她是媽媽而不是洋娃娃的話，那洋娃娃跑到哪裡去了？」

「我也不知道。」妻說。

「解開了洋娃娃哭泣之謎，又陷入洋娃娃失蹤之謎了。」我說道。

「是啊！下次再遇到老太太，你得記得問問她啊！」妻笑著說。

土人多多不勝殺

Tung Blossom
Festival

Tung Blossom
Festival

Tung Blossom
Festival

【一】女生說

拉開窗簾，伸個懶腰，今天是一個晴空萬里的星期五早晨。

一般說來，每個星期五的上午，我總是在公司裡忙著把該準備的資料整理完成，趕在中午以前可以把資料給課長過目，好讓自己可以有一整個下午，來醞釀即將而來週末假期的氣氛。每天朝九晚五的日子已經夠無趣的了，我可不希望難得的週末還在辦公室裡加班呢！

不過，這個星期五不一樣！因爲週三晚上達霖打了電話約我一起渡假，聽到消息的瞬間，我想盡辦法隱藏那因爲開心與緊張而發抖的聲音，更把我向來對追求者的冷漠態度拋到一邊，在電話的另一邊猛點頭答應，就怕遲了他會後悔，於是我們便約定好這星期的五六日三天，要一同來趟鄉村之旅。

掛上了電話後我直奔化妝室，一邊暗笑自己居然爲了個約會緊張得心跳加速、雙手發抖，另一邊讚嘆自己的魅力，看來距離征服我心儀已久的他就在這幾天了。

可別以爲接下來我只要等待假期就好了，週四下班之後才是眞正忙碌的開始。首先到公司附近的百貨公司採買未來三天的服裝。這服裝的要求很簡單，要輕鬆可愛又不失成熟動人、要端莊賢淑又不失性感迷人。花了兩小時快速的採購好服裝後，爲了讓自己看起來更有活力與朝氣，我向每週都去的

ＳＰＡ館報到，做了全身放鬆的療程。回到家後，敷上面膜，好好睡個美容覺，奇怪的是，我這約會推不完的輕熟女代表，卻因爲與一個不起眼的單純男生約會而緊張得幾乎徹夜未眠。

終於，星期五的天空泛出魚肚白，多年來我第一次因爲太陽公公的出現而興奮，在自然光下我倚著陽台的鏡子畫出最完美的妝，換上那昨天才精心挑選的衣服，準備好的心情出了家門。

一個貼心淑女當然不能兩手空空地出現在男主角的面前，我特地多走了一小段路，到巷口那間早餐店買了健康又美味的水果雜糧三明治與兩杯熱咖啡，當然那有著粉紅色愛心的手提袋可是從家裡就準備好的喔！我就不信這樣兼顧健康與美味的早餐還無法讓他對我留下好印象。

一定是因爲太興奮的原因，我到達約定的地點時比約好的時間早了五分鐘，雖說是五分鐘，可是我卻懷疑是手錶壞了，不僅如此，連手機的時鐘都不準了，否則這短短的五分鐘怎麼讓人覺得有半小時之久呢？不過心裡可是沒有絲毫的不悅，因爲我是個體貼的淑女啊！不愧是我鍾情已久的好男人，在手錶跳到七點整的那一刻，他準時出現我眼前。

我帶著微笑，坐上車向他說了聲：「早安」。

「早安，等很久了嗎？」一如往常，他體貼地問道。

不久不久，就算讓我等半個世紀，只要等到你對我的愛這一點都不久。雖然我心裡這樣想著，但也只是想想罷了，女孩子的矜持怎麼可以隨便捨去呢？男孩若是少了追求女孩的挑戰，那戀情想必失色許多。

「沒，剛到。」我微笑著說。簡短的回答想必更讓他擔心我是否刻意掩蓋已經等他很久的事實，同時我取出早餐，將兩杯咖啡放在飲料架上插上吸管，一紅一藍，藍色的那杯靠近駕駛座，而紅色的則是在我這邊。至於水果雜糧三明治，則是替他打開包裝後再遞給他。

「吃過早餐了嗎？」這體貼的笑容同時出現在我問話時。

「沒，謝謝，看起來很好吃耶！」他像小男孩拿到新玩具時開心的笑著回答，而我也拿起自己的那一份開始享用。

車子上了高速公路後，達霖開始向我介紹這次渡假的地點。

「這次我們要去的地方是一個叫做澀水的小地方，在我很小的時候，家人在那裡蓋了一間小別墅，我記得我國小以後的寒暑假都是在那渡過的。長大以後就只有偶爾才會回去渡假了。那邊環境很自然、空氣很清新，希望妳會喜歡那裡。」

他向我說明這一切時，就像與我分享他的過去一般，雖然眼神一直專心的開著車，但是我的心裡卻有著很踏實的感覺，因爲他正與我分享著他最眞實的生活與記憶，原本的兩個世界開始有了交集。

一路上我們斷斷續續的聊著，一下子話題在公路兩旁出現的景物上，一下子話題則回到工作的近況，由於我們在性質相近的公司上班，所以很容易就能瞭解彼此工作的情況。

開了近二小時的車程後，在整晚糟糕的睡眠品質下，我打起了瞌睡，達霖放了片歌手周蕙的ＣＤ，輕柔的歌聲讓我的心情更爲輕鬆安穩。我喜歡達霖的原因便是因爲和他在一起時總是讓人很放心、很自在，這樣的自在是和其他男性相處時所無法獲得的。

下了高速公路後開始進入山路，我把車窗搖下一半，讓大自然的味道吹進車裡，這樣的空氣可是和車滿爲患的烏來或陽明山完全不同的。

「就快到了，前面轉彎進去就是了。」坐在駕駛座上的達霖對我說道。他應該發覺我睡著了吧！也許是怕我坐車坐累了，讓我覺得他的話裡有絲絲的憐惜在。其實眞正累的是他啊！開了這麼久的車他不但不喊累，反而先擔心起我來。

「不累，睡飽了，睡飽飽的要開始玩樂了。」我故意把眼睛睜得大大的好表現出精神飽滿的表情，並不忘給辛苦的駕駛一個燦爛的微笑。

車子沿著十四號省道轉進二十一號省道後，在某個紅綠燈口停下，路旁有個標誌寫著「緩昇坡」，我看了看前面的路，卻看不出來究竟是水平的路或是眞的是個緩昇坡。在約莫行駛十多分鐘後，右手邊出現「大雁村澀水社區」的木質牌坊。我們把車停在路邊看著社區前的地圖，是個很可愛的木製地圖，畫著社區的旅遊路線。

「照張相吧？」達霖手握著相機，已把鏡頭對著我了。

我轉身靠在地圖邊，比出勝利手勢。拍完照後我馬上就後悔了，我怎麼會比出這麼貧乏的拍照動作呢？下次可得可愛一點。我一邊懊惱，一邊提醒著自己。

拍完照後剛要上車，有輛摩托車在我們身邊停了下來，是個年紀與我相仿的女孩子。

「你不是達霖嗎？好久不見了，我是小舞啊！你還記得我嗎？」那個女孩熱情的和達霖打招呼，看來他們應該是以前的朋友吧！

「嗨！沒想到會遇見妳！好久不見啊！我帶朋友回來玩，眞巧遇到妳。」

他們寒暄一會兒後，我和達霖上了車進入社區，往別墅的方向開去。

【二】男生說

澀水社區位於中潭公路西南側大雁隧道旁，貌似蓮花座山谷地形，面積約六十公頃，居民約二百三十人，聚落中以中、老年人爲主，台灣的鄉間由於工作機會欠缺，所以無法留住年輕人，不過所幸近年來精緻農業與民宿休閒產業的興起，這農村老化的現象略有改善的跡象。

路過告示牌，轉進澀水，之後便是僅容錯車的小路，行經澀水吊橋，這個吊橋雖是木造，看起來搖搖晃晃，但汽車可以開過去。經過幾個大轉彎、幾個看來下雨便會崩落的山壁後，終於到達位於山中的別墅。

這個別墅雖然不大，但與剛剛進入澀水社區後的房子相較，仍是十分可觀。

「月理，進來吧！」我將車停妥後，打開別墅大門。

「嗯，好的。」走過大門、經過花園後，月理輕巧的躍上台階，走進玄關。

「當初蓋這幢別墅時，就是準備給親友來玩的，所以這房子生活機能十分齊全，房間也很多，除客廳與廚房外，一共有八個套房。」我按下客廳的電燈開關，一邊說道。

月理與我是在某個共同朋友的婚宴上認識的，這半年來我們走得比較近，雖然並非是眞正在一起的男女朋友，但在外人眼中，或許已經這麼認定了也說不定。這次公司三天連休，我趁機邀她來鄉間別墅渡假，我心想在城市裡也是無處可去，不如去鄉間走動，說不定月理也認爲這是個不錯的好點子呢！

很順利的，月理答應我的邀約。

「房子的一樓是客廳，樓梯在房屋的中間，後半部份是書房，樓中樓的半層是廚房和餐廳，陽台在廚房的外面，洗衣機等工具樣樣俱全。上樓梯後二樓有四間套房，左右各兩間，房間的視野很好，看出去都是山景。三樓和二樓的格局是一樣的。四樓有加蓋的小畫室，以前我父親總在閒暇時上樓頂作畫，樓頂空出來的空間佈置成小花園，可以在樓上看夕陽和星星，因爲附近的房子以平房爲主，所以視野非常的好，有時候我們就在樓頂烤肉、賞月，保證妳一定會喜歡。」

我帶著月理參觀房子，一層一層介紹，雖然已幾週沒住人，但是仍然維持著相當程度的整潔。

「我帶妳去妳的房間，先歇會兒，給我半小時我去弄午餐。」

貼心的新好男人是要會下廚的。時間將近中午，肚子正有些餓，趁機展現一下我的廚藝。我讓月理在客廳看電視，我則在樓中樓的廚房準備午餐，這兩個地方剛好可以看見彼此。

「吃義大利麵好不好？」我手裡拿著義大利麵條，向客廳裡的月理問著。

「好啊！吃什麼都好，但是要保證好吃喔！」月理仍是一副甜甜的笑容回答著話。

我走到花園，摘了一些沒人照顧卻長很茂盛的迷迭香、檸檬草，開了個鮪魚罐頭、義大利番茄醬罐頭、起司粉，用一個鍋將麵條煮熟，另一個平底鍋則製作醬料，約二十分鐘後，便準備好午餐。

「好吃嗎？不好吃不可以說出來喔！」

「好吃，沒想到你這麼厲害耶！一下子就準備好這麼美味的午餐，眞是讓人刮目相看。」月理一面吃著義大利麵，一面稱讚我的廚藝。

在昨天，我就特地跑了一趟生鮮超市，準備了這幾天所需的食糧，我買了義大利麵條、麵線、兩包快煮鍋燒麵、一包白米、兩盒洗選蛋、幾個罐頭、起司粉、一些風味醬料。要是遇到颱風、地震、暴雨、山崩、斷橋等等事故，而被困在山裡面的話，夠我倆吃一個禮拜的了。

吃過午飯後，我沖了一壺紅茶，倒了一杯遞給月理。

「全台灣這兒的紅茶最好，它有一種肉桂和薄荷的香氣，這就是澀水的阿薩姆紅茶，妳來試試，小心燙。」我說道。

「咦，不用加糖嗎？」月理疑惑地問道。

「不用，就這樣喝就可以。它不像坊間的紅茶，加了一堆糖，所以只剩甜味；一般紅茶泡久了會很澀，澀水的紅茶泡久了只會覺得很濃，而不會苦澀，這個紅茶好就好在這裡，完全可以體會出紅茶應有的風味。」

說著說著連我自己都覺得好喝，把杯子湊近嘴邊，趕緊喝了一口，差點把嘴給燙歪了。

「真的不錯耶！」月理說道。

好茶獲得美人稱讚，它若知情應該也會開心吧！

吃過午飯，喝過紅茶，我提議出去走一走，月理欣然應允。

今日午後的陽光不大，往房子後的林間走去，屋後有一條數百階梯的登山小徑，登上後可以俯瞰整個澀水山區。扶疏綠蔭替我們遮住了大多數的光線，走在林間令人心曠神怡。

月理走在我的後面約莫兩階的距離，回頭看著她紅撲撲的臉龐，可愛極了，真想咬下一口來。突然遇到一個比較高的階梯，我伸出手去，想要拉月理一把，手正要伸出去時，我聽見遠方傳來一個有點耳熟的女聲，正在呼喊我的名字。

「達霖！」

我硬生生將準備握住月理小手的手縮回來，抬頭尋找是哪位不知好歹的人介入這悠閒的午後時光。出聲的不是別人，正是上午在澀水社區入口遇到的小舞。小舞氣喘吁吁踩著小碎步而來。面對這位自小認識的兒時玩伴，我反而不知道該如何應對了。

「我回家吃過飯就來了，我看你家沒人，心想你一定到後山來玩了，果然被我找到了吧！這麼久沒見面，好好聊聊天敘敘舊吧！」小舞邊喘著氣邊說。

不知怎地，我突然覺得小舞紅撲撲的臉龐，也是可愛極了，咬一口下來或許是個好主意。

「可是我有客人……」我話未說完，小舞打斷我的話繼續說：

「那有什麼關係，反正大家聊天認識認識嘛！妳說是嗎？這位『客人』？」小舞對著月理揚起了雙眉。我似乎聽出這「客人」兩字有點加強重音。

「那無妨啊！既然你朋友想跟你聊天，我們還是回去好了，你說好嗎？達霖？」月理還是一派優雅，徵詢我的意見。

「這樣也好，打道回府吧！」我說道。

小舞算是我的兒時玩伴，以前在這裡渡假時認識的。在這個鄉下地方，由於教育資源缺乏，若想要追求更高學歷，那多半是國中畢業後就去台中唸書，然後才比較有機會繼續上大學、研究所。小舞國中畢業後就到台中去了，我來這裡的機會本來就少，小舞又離鄉讀書，我倆見面的機會就更少了。剛剛遇見她，我才知道她大學畢業後工作了兩年，現在正攻讀研究所，在南部某間知名國立大學深造。

這次帶月理回鄉下玩，遇到小舞是在意料之外，不過從原本的小小兩人世界，突然多了意外之客，這樣也是挺麻煩的事，對於原先想趁這個機會好好增進感情的計劃，在這時似乎也只能先擱到一邊了。所幸月理並沒有顯露出不快的樣子，眞是體貼懂事的好女孩啊！

返家後，我讓兩位女士在客廳休息，自己則上廚房煮了一壺咖啡。從樓中樓往下看，兩人在客廳似乎交談地十分融洽，我自己往好處想，至少兩人都未因爲出現陌生人而不自在，反而能好好相處，眞是令我大大鬆了一口氣。

端著咖啡下樓，得到兩位美女一致的稱讚，我含笑稱謝。

與兩個女孩相談甚歡，依照愛因斯坦的相對論，時間總是過得特別快，轉眼間，已是夜暮時分，突然間，腹中傳來飢餓的感覺。

「快到晚餐時間了，妳們繼續聊，我去廚房準備一下，今晚吃海鮮焗飯。」我說道。

「達霖，這餐讓我來弄好了。」出聲的是小舞：「我回家拿一些材料，做些特別的料理讓月理嚐嚐新鮮。」

「這樣也好！妳幫我弄兩個菜，讓我們嚐嚐妳的手藝囉！」

「你們等我一下，我馬上就回來。」

小舞說完話便回家去了。

「小舞也喜歡做菜啊？」

「是啊！小時候到她家玩，就常看到她與伯母在廚房忙進忙出的。」

「眞是的聰慧伶俐的好女孩。」

「月理，妳也有相同的優點喔！」

「不要這樣子稱讚我嘛！」

月理的雙頰泛起了一抹紅暈。

突然間一陣鈴聲響起，我與月理互望半晌，才發現原來是小舞的手機留在桌上了。

「咦，小舞的手機怎麼收得到訊號？」

這裡是四面環山，一般手機是收不到訊號的。我拿起手機，來電者的名稱是「怡殷」。

「你不要偷看人家手機啦！」月理出聲制止。

「我看一下是不是什麼重要電話嘛！不要緊的。」

不知道「怡殷」是小舞的什麼人，我心想。

「誰打來的？」月理問。

「嗯，我不認識的人。」我把小舞的手機交給月理：「我還是先去廚房準備一下，等一下小舞來再交給她。」

我起身上樓，打電話來的人很有耐心，響了許多聲後，應該是響到轉接至語音信箱時才掛斷。

月理一個人坐在客廳看著電視，似乎是覺得無聊，她關掉電視，走上廚房。

「我先去洗個澡好了。」她告訴我，然後繼續上樓，往房間走去。

約莫十分鐘後，小舞拎著一個小塑膠袋回來，袋口冒出幾片綠色的葉子，她隨即走上廚房。

「你猜猜我帶回來什麼？」小舞把袋子藏在身後，伸出一隻手搗成碗狀，朝我的鼻子湊了上來。

一股強烈的香氣傳來，我知道是什麼了。

「刺蔥！」

「ＢＩＮＧＯ！你答對了！」

「要做什麼菜？」

「今晚吃海鮮焗飯的話，其實有海鮮來搭配已經足夠了，所以我加個刺蔥煎蛋就好，以免弄太多也吃不完。」

「好啊！那就交給妳了！咦？妳的手怎麼了？」

小舞的右手背上有一條細長明顯的紅色傷痕，我執起她的手。

「沒什麼啦！剛剛摘刺蔥的時候，不小心就被莖上的刺給弄傷了。」

「可得小心點啊！妳等一下，我拿藥膏給妳。」

正欲上樓找藥膏，發現月理在樓梯間往下探頭。

我連忙放開小舞的手。

「小舞的手被刺蔥刺傷了。」我說道。

「我有帶藥膏，等我一下。」月理把探出的身子縮了回去。

不一會兒，月理拿著小罐的藥膏下來，身上穿著很休閒的運動套裝。

「洗好澡了？」

「還沒，洗把臉而已，還是晚一點再洗澡吧！」

月理小心翼翼的將藥膏抹在小舞的傷口上。

「對了，剛剛妳的手機有響。」月理對小舞說道。

「哦？謝謝！晚點我再回。」

替小舞擦完藥後，月理再度回到房間。

小舞則開始在廚房忙進忙出。

我則有點尷尬，只得到客廳看電視。

扭開電視機，轉到新聞台，主播口中說出的話使我大吃一驚！

「南投看守所發生獄政史上罕見的重大案件，殺人犯于傑森成功越獄，據看守所方表示，于傑森以飲料摻安眠藥，誘騙看守所管理員喝下，又綑綁沒有喝下飲料的管理員，並且換上管理員制服，穿越設有高壓電的圍牆越獄，于傑森是在民國八十二年間涉嫌謀害商人蔡煌謨一案，逮捕後遭求刑十八年，不料就在今天越獄成功，法務部長對此事表達高度震怒，警政署長亦指示南投縣警局全力追緝。」

不看則已，繼續看下去使我心都涼了半截，新聞還說于傑森是南投縣魚池鄉人，有可能前往老家躲藏。

魚池鄉，那不就在這兒附近了嗎！

我趕緊將音量關小，以免小舞或月理聽到這消息後太過驚慌就不好了。

我心想，就算殺人犯于傑森回到魚池鄉，也不見得會到澀水來，而且這消息這麼大，要是有人看見他，一定會馬上報警處理的。

于傑森越獄的新聞結束，接著播出的是某知名模特兒一次交往四名男性的新聞，人紅了是非就多起來了啊！接著又是立法委員與行政官員吵架的無聊新聞，轉到娛樂新聞台，正巧在播放莫文蔚的MV——〈兩個女孩〉：

玲多溫馴美麗，瑩好可愛，隱約覺得不安，卻說不出來
你知道卻絕口不提分開，你答的像個無賴，兩個都愛
你滔滔不絕只想置身事外，難道你不知道，兩顆心你都傷害

我正百無聊賴看著電視，看到月理走下樓來，竟只穿著一襲細肩帶的紫色絲質睡衣，緩步到我身邊坐下，雙手按住我的右腿，一雙眼睛直直望著我。此時小舞也從廚房走下來，坐在我左邊，雙手按

住我的左腿，也是深情的望向我，我發現小舞身上竟然只穿著圍裙，她的身體是全裸的！

這究竟是怎麼一回事？我該怎麼辦？

「韋達霖！吃飯了！」

我被突如其來聲音嚇到了。

「打瞌睡就算了，你居然一邊睡一邊傻笑，看起來很詭異耶！」我睜眼一看，是小舞對我說話。

我打量小舞的穿著，除了圍裙之外，身上該有的衣服一件也沒少。

「你一早就開車下來，現在也累了吧！」不知何時，月理坐在一旁，穿著先前看到的運動服。

「原來我睡著了啊！一定是太累了！哈哈！」我乾笑兩聲，試圖掩飾剛剛在夢裡對她們不禮貌的遐想。

「上來吃飯了！」小舞說道。

於是我起身，到餐廳吃飯。

才剛坐定，小舞的手機又響了起來。

「抱歉，我去接一下電話。」

「沒關係，我們等妳。」月理說。

小舞到客廳桌上找出了手機，走到角落接起電話。

「什麼？怎麼可能？」她的語氣聽來有些驚訝。

「我要走以前才ＭＡＩＬ給老師的，而且他的系上信箱和私人信箱我都寄了，怎麼會這樣呢？」

「我現在已經回到南投了啦！」小舞抬起頭，望向我們。

「好吧！我晚一點就回去。」

小舞一臉愁容回到餐桌旁，她開口道：

「恐怕不能與你們共進晚餐了，我老闆那邊有點事，得趕回去。」

「老闆？」我問道。

「我的指導教授啦！我先前替他整理的一份文件他竟然沒收到，我同學打給我，他說老師現在很急。」

「不能請他幫妳將檔案代為寄給老師就好了？」我說道。

「不行，我同學和我在不同研究室，而且這三天連假和我同研究室的同學都回家了，那邊現在沒半個人，系辦公室放假也沒開，借不到鑰匙，而且我也不想太麻煩別人。」

「所以妳現在要開夜車回去？」月理問。

「這也是沒辦法的事。」小舞一臉無奈。

「那我陪妳走回家，天色已晚，我擔心妳一個人不安全。」

會這麼說是有原因的，剛剛新聞報導了于傑森越獄的新聞，說真的讓小舞一個人走回家，我還真有點擔心。

「月理，妳一個人先吃，我送小舞回去，等她開車上路後我馬上就回來。」

「好，小舞妳開車小心點喔！」月理說道。

等到我送小舞回家、上車出發，再回到家已是三十分鐘之後的事了。

希望沒讓月理等太久才好。

進家門後，等待著我的是完全出乎意料的狀況。

【三】女生說

因爲小舞臨時要離開，達霖擔心她一個人不安全，所以就送小舞家回去。

他們出門不久後，便有人按電鈴，把我嚇了一跳。

我記得達霖有帶鑰匙出門，而且也應該沒這麼快就回來，究竟是誰呢？我壯起膽子，走到門邊，往門上小孔看出去。

我見到的是兩張被鏡面扭曲的臉孔，這兩張看起來一模一樣的臉孔，我認得他們，於是我開了門。

「月理，我們找妳找得好辛苦！」

「找我做什麼？」

這兩位訪客是曾吉凱與曾文玄，他們是一對雙胞胎，也是我和達霖的共同朋友，他們平常在公司就是大家的開心果，沒想到這一對寶貝蛋竟然跟著我們來了。

「我們打電話去妳家，令堂說妳出遠門了，卻堅持不說出妳到哪兒去了，後來我們拜託其他女同事打給伯母，她才說妳到南投來了，我們眞的很擔心妳！」

「不用擔心我啊！我很好啊！」

「其實我們擔心的是韋達霖，我們發現他也出遠門了，我想他一定是和妳在一起，我們怕他對妳……」

「所以你們是來保護我的囉？」

「是啊！是啊！你不知道我們行程有多趕，什麼東西都來不及拿，連衣服也沒帶，就趕著開車下來了。只有在埔里逗留了一下而已。」

「吃過飯了嗎？」

「還沒，都沒吃正餐。」

「一起坐下來吃吧！」

既然達霖好心的送小舞回家，那我招待一下吉凱與文玄吃個晚飯，應該也不爲過吧！等達霖回來看到他們倆，看他要怎麼處理就再說囉！

吉凱與文玄可能眞是餓了，小舞巧手留下的三個海鮮焗飯與刺蔥煎蛋，看起來美味可口，不一會兒就被掃蕩一空，這下可好，看看等一下達霖回來怎麼辦？哼，不管了，誰叫他只顧小舞，沒飯吃活該！

一邊吃飯一邊聊天，門外傳來鑰匙的開門聲，我看了看錶，達霖也該回來了！

門推開，果然是達霖，他睜著大眼、張著大口，一臉不可置信的表情看著屋裡的情形。

「你們這對活寶，誰叫你們跑來我家大吃大喝的？」

「你講話不要這麼誇張，來你這裡吃個家常菜而已，怎麼說得上大吃大喝？」

「就算是吃家常菜，也要主人邀請你們吧！」

「月理叫我們吃的，不然你問她。」文玄指向我。

「是我叫他們吃的，因爲他們也餓了，你又還沒回來，我擔心你回來時飯菜都冷了，所以就請他們兩位先吃了。」我向達霖解釋道。

「好吧！既然是月理叫你們吃的，等一下吃完就可以走了！」

看來達霖是要送客了。

「急什麼？還沒吃水果呢！」吉凱說道。

「對對，還有飯後飲料還沒上來。」文玄附和道。

「達霖，我們不是有準備水果嗎？你要不要切一下水果？他們也算是客人嘛！我想喝點果汁或什麼的。」我慫恿達霖去切水果，達霖前一晚就準備好了這三天所需的食物，在來這裡的路上，也順路買了許多當地水果。

「好，我去弄果汁給妳，至於這兩位不速之客，我會把果皮留給他們的。」

果然我一開口，達霖就同意我的央求了，達霖氣鼓鼓地進了廚房，把鍋碗瓢盆弄得哐啷哐啷響。

不一會兒，達霖就弄好三杯飲料、一盤葡萄柚與橘子，與一碗鍋燒麵下樓，這時我才想到達霖還沒吃晚餐呢！我不禁心中有些許的歉意。

「這飲料怎麼灰灰稠稠的啊？」吉凱問道。

「不敢喝就不要喝！」達霖沒好氣道。

「試試就知道啦！」文玄伸手拿過果汁，卻被達霖一把攔下。

「喂！這兩杯紙杯是你們的！這杯玻璃杯是月理的。」

我看著屬於我的那杯，杯上還有支彎成心型的黃色吸管，達霖眞是浪漫極了！我接過果汁喝了一口，原來是火龍果牛奶！

「口味怎麼樣？」達霖問我。

「這是火龍果牛奶嗎？」

「正確的說，這是火龍果優酪乳，喝了可以降火氣。」達霖說：「我把籽濾掉了，口感應該還不錯。」

「達霖你怎麼花樣這麼多？難怪公司裡的女孩子都這麼迷你。」文玄說。

「你別說他了，再說的話他火氣又要上來了。」吉凱答腔道。

「來，喝一點，降降火氣。」我把吸管湊到達霖面前，達霖猶豫了一下，便喝了一大口。

吉凱與文玄看著我們的親近舉動，想要說些什麼，卻又欲言又止的樣子。

我伸手要取水果，卻被達霖輕聲阻止。

「不要吃水果，剛剛掉在地上。」他湊在我耳邊說道。

達霖居然這麼壞，於是我把手縮了回來。

「你們在竊竊私語什麼啊？」文玄說道。

「我是想說，現在已經是晚上八點多了，你們要不要早點走，以免開夜車危險？」達霖想遣走他們倆的意圖十分明顯。

「嗯嗯！」出聲的不知是活寶中的哪一個。

「別老是嗯嗯嗯的沒完，等一下你們喝完果汁、吃過水果就可以就走了。」

「達霖，不瞞你說，我們兄弟倆也是覺得開夜車危險，所以打算暫住一宿，明天再走，我看你別墅這麼大，騰一間房給我們應該不是問題吧！」文玄說道。

「你……！」達霖一時語塞，說不出話來。

「我說達霖兄啊！你也別這麼見外，大家都是朋友，又大老遠從台北下來，就這麼讓我們開夜車回去，這也太說不過去吧！」吉凱與文玄一搭一唱，似乎住下來的意志十分堅定。

「妳怎麼說呢？月理。」達霖轉頭問我。

「都可以啊！這是你的房子嘛！而且他們兩個一定也累了。」我不置可否。

「好吧！看在月理爲你們說項的份上，就讓你們待一晚，記得明天一早就趕緊走人！」達霖終究作了讓步。

「這敢情好，今晚可以好好敘舊了！」我說道。

「哪有什麼舊好敍？我看到他們兩個就覺得還在上班！」

「唉啊！達霖，沒關係嘛！他們也是大老遠趕來啊！」我好言相勸。

達霖不作聲，只是盯著電視猛看，我只好陪文玄與吉凱聊天。

約莫九點左右，文玄叫達霖找個房間給他們住一晚，達霖站起身，就在此時，吉凱突然一臉痛苦神色，說道：「別管房間了！達霖，廁所在哪裡？」

順著達霖指的方向，吉凱飛也似地奔向廁所，用力甩上門。

「有這麼急嗎？」文玄望著吉凱的背影說道。

過了十分鐘，吉凱一臉虛弱地從廁所裡出來，剛在客廳坐下，便又馬上站起，再度往廁所衝去。

「你們在來這裡的路上，吃了什麼東西嗎？」我問文玄。

「因爲一路上都沒吃，所以我們一直到了埔里才隨便吃些東西。」

「都吃些什麼？」

「嗯……我想想，我們在埔里鎮上吃了兩個肉圓、一籠蒸餃、一盤蚵仔煎、一碗古早麵、一根烤玉米，從埔里到魚池的路上，又買了一根烤甘蔗來吃。」

「那你們怎麼一進門就說餓呢？」我再問道。

「我們沒說餓，我說的是『沒吃正餐』。」文玄露出心虛的笑臉。

我回想起來，好像的確是這麼說的。

「眞是活該！吃這麼多東西，難怪肚子會作亂。」達霖趁機落井下石。

「別這麼說，埔里美食吸引力太大了！」文玄說道。

此時吉凱再度從廁所出來，他用虛弱的聲音說道：

「有沒有止瀉藥？」

達霖想了一想，搖了搖頭：「沒有，我想你應該去掛個急診比較好。」

「還是覺得很難受嗎？」我問吉凱。

吉凱點點頭。

文玄站起身，說道：「達霖，離這裡最近的醫院怎麼走？」

「你沿著進來的路走出去，遇到中潭公路左轉，走到底會經過一個三叉路，左轉往台中，順著右邊的路，過愛蘭橋後就進埔里鎮了，遇到第一個紅綠燈左轉上斜坡，上斜坡後左邊第一個路口進去就是埔里基督教醫院了。」

達霖說得很清楚，就像是有張地圖在他腦子裡一樣。

「聽得很模糊，你還是畫一張地圖給我好了。」

「好，其實只有幾個彎而已。」

文玄帶吉凱去醫院掛急診，希望吉凱沒什麼事，早點恢復才好，送走了他們後，達霖將他們留下的杯盤狼藉清理妥當，叫我上樓先去洗澡。

【四】男生說

吉凱因爲急性腸胃炎而腹瀉不止，文玄送他去醫院掛急診，熱鬧的夜總算平靜下來，我請月理先去梳洗一番，自己則將碗盤等等的東西給清洗整理妥當。

明明就是爲期三天的兩人世界，居然陸陸續續有訪客上門，實在是太湊巧了，難道月下老人不覺得我與月理是很登對的嗎？

想到月下老人，我想起在九二一大地震時被震垮的光華島，在地震以前，島上有個月下老人像，是青年愛侶必經之地，現在回復成原住民口中的拉魯島，成爲邵族人的祖靈地，不再供遊客登島遊憩了。即使如此，夜晚的日月潭，在碼頭的燈光映照下，模糊的山色與飄渺湖景，仍是十足迷人。

決定了，等一下就帶月理去日月潭看夜景！

我趕緊將碗盤清洗乾淨，回到房間，稍事盥洗之後，等待月理下樓。

月理一身黑色裝扮，更顯得她皮膚白皙細緻，我帶她上車，繞出澀水社區，駛往日月潭。

進了日月潭，左轉經過文武廟，約半小時便抵達德化社，德化社是一個邵族聚落，由於有一個碼頭，因此碼頭延伸出去的浮橋棧道，便成爲情侶夜探日月潭的最佳去處。

我們找了一條小遊艇，趁沒人看見時偷偷鑽了進去，坐在甲板前，爲遊潭遊客而設的椅子上，月理靠在我的肩上，我們一邊伸手探索著山巒湖畔間游移飄盪的薄霧，一邊低語訴說著彼此愛慕的綿綿情衷。

回程的路上，我問月理會不會餓？月理搖搖頭，對我甜甜一笑。

車子回到了澀水社區，照例是要經過危險的懸崖與老舊的吊橋，在經過吊橋前，我們發現有幾個人影在眼前晃動！

「已經是晚上十一點多了，怎麼會有人在這裡走動呢？」我喃喃自語道。

按農村的生活習慣，約莫在晚上九點前後，家家戶戶便早早熄燈安寢，按理講是不會有人三更半夜還在外頭蹓躂閒晃的。

我將車開近，車燈照到人影身上，我們發現那是三位年輕女性！

「小心！」月理叫出聲。

那是三個年輕女子，大半夜在澀水社區閒晃，看起來怪可怕的，要是我一個人，我可能會加足馬力揚長而去，現在月理在身邊，自然不能這麼失態。

沒想到那三個女子，朝著我們揮手，示意要我們停下。

我心想，難道這就是傳說中兜售劣質產品、矇騙遊客的「鏢客」？

不對啊！鏢客會在旅客必經的路上下手才對，我都已經開進澀水社區了，很明顯我就是這裡的人，鏢客應該不會這麼幹才對，而且我定睛一瞧，這三個不像鏢客，倒像是大都市下來的遊客。

我緩緩踩下煞車，搖下車窗，我開口道：

「有事嗎？」

「請問韋達霖住在哪裡？」其中一名女子說話了。

「達霖，你認識她們？」月理小聲問我，聲音中卻有一絲嚴厲。

「不認識啊！」我絞盡腦汁就是想不起來她們是誰。

「你們找他幹什麼？」我問道。

「我們來找朋友！」

「達霖，她們來找朋友耶！她們應該認識你喔！」月理揶揄我。

「我不認識她們，她們也應該不認識我吧！不然，怎麼會和我面對面還問我韋達霖住哪？」

「說不定是你網友啊！沒見過面也很正常吧！」

「哪有這回事！讓我問問清楚。」

我轉頭向窗外。

「我認識他，不過妳們三位小姐找他做什麼？他已經有要好女朋友了！」我一邊說著，一邊瞄向月理，月理伸出手捏我的大腿，害我差點沒叫出聲來。

「眞的？你認識他，那就太好了，我們是來找他的朋友的，我們有兩個朋友今天一早就從台北開車下來，說要找韋達霖，我們三個也想跟下來，卻被阻止了，所以我們就自己偷偷來了。」

「你們是文玄和吉凱的朋友？」

「是啊！你就是韋達霖？」

「是，我就是，文玄和吉凱現在在醫院，你們要不要過去找他們？」

「他們怎麼了？」

「吉凱應該只是急性腸胃炎，文玄陪他去醫院了。」

「這樣啊！那我們……」

「去醫院看他們吧！」我接口道。

我想她們三個人應該會想去探訪才是。在她們一陣交頭接耳以後，其中一人對我說道：

「我們三個可以在府上住一晚嗎？」

我頓時覺得臉上浮出了三道黑線。

我只得將她們三個安置在後座，然後驅車回家。

聽她們說，她們其中兩位是文玄與吉凱的女朋友，而文玄與吉凱從昨天晚上就鬼鬼祟祟，像是在策劃什麼事情，結果今天一早人就溜了不見蹤影，她們打聽了大半天的結果，知道他們是來南投找朋友，還打聽出來是來找韋達霖，她倆就決定追下來，看看他倆在搞什麼鬼，但是因爲對外縣市完全陌生，所以就請她們的大姊帶她們下來，她們搭乘自強號，傍晚從台北出發，坐車到台中，再轉乘前往日月潭的南投客運，中途在瀃水下車，然後步行進入瀃水社區。

所以難怪當我們看到她們三個人時，是背著大包小包，外加一身疲憊的了。

再加上先前聽到殺人犯于傑森越獄的消息，也因如此，我很難拒絕她們借宿一晚的請求。回到家後，找了一個房間給她們，我赫然發現，在這三位年輕女性中，居然有一對雙胞胎。

「妳們也是雙胞胎？」月理驚訝道。

「對啊！我叫安喬，妹妹叫新喬，很多人叫我大喬，叫妹妹小喬。」大喬說話了。

「那妳們這麼巧和文玄與吉凱相識？」我問道。

「我們是參加雙胞胎協會認識的。」

「還有這種組織！」我喃喃自語。

「想必這一位就是大姊了吧！」月理說道。

「是的，我是她們倆的大姊，既然大喬小喬都有了，我就委屈一點叫我老喬便罷！」

「不行，至少得尊稱喬姐，還是喬媽？」月理應道。

我心想月理怎麼稱呼她爲「媽」？不怕對方生氣嗎？仔細一看喬媽的身材後，我差點沒暈倒，她們的大姊，居然是個孕婦！

「都行，反正我年紀最老，等小朋友出生，就當媽啦！」喬媽說道。

「小朋友多大了？」

「八個多月囉！」

總之，就在預期是兩人世界卻訪客不斷的第一天裡，大家都累成一團的情形之下，隨著夜更深沉，大家都回房安睡，在睡前，我還特地檢查所有門窗，以免于傑森就這麼巧溜進我們家來。

第二天一早，我竟然睡到自然醒，鄰近的埔里鎮郊有個鯉魚潭，本來想帶月理去看看晨霧中鯉魚潭的景致，既然睡過頭，那就明天再說吧！

起身盥洗後下樓，我發現三姊妹的房間沒有動靜，應該還在睡吧！廚房卻傳來哐噹哐噹的聲響，原來是月理早起弄早餐了。

有這樣一個好女人，我只要扮演一個幸福好男人即可。

「達霖，早安！」月理聽見我的腳步聲，甜甜地我問早。

「早安！」

我走到她身旁，兩眼直直盯住她的側臉，再打量她穿著圍裙的賢慧模樣，深覺自己是個幸福的男人，我問道：「今天早上吃什麼呢？」

「早餐吃麵線，我看廚房有些茶籽油和麻油，這樣弄應該很不錯！唉呀！不要一直盯著我看嘛！你這樣看我渾身都不自在起來了。你先去客廳看電視啦！」

月理出聲抗議，我只得依依不捨地離開。

我到客廳坐下，等待月理的愛心早點，我扭開電視，轉到新聞台。

今天天氣很好，但是中央氣象局說在台灣東南方海面上有一個輕度颱風已經形成，命名為「馬羅」，聽起來就很有氣勢的樣子，希望不會給台灣帶來重大災情才好，南投這地方由於中央山脈屏障，所以颱風只會帶來大雨，而不會有風災，只要水土保持得宜，颱風對於南投的損傷其實有限，不過近年來由於過度開發……唉！

這時候三姊妹魚貫下樓，經過廚房她們聞到麻油香，紛紛表示肚子餓了，此時月理很貼心地表示：「早餐就交給我了，沒問題！」

「你們這裡手機收不到訊號啊！」喬媽開口問我。

「是的，因為經過許多曲折山路，這邊訊號很弱，除非是衛星手機，不然收不到訊號。」我解釋道。

「那我要怎麼聯絡文玄他們？我想知道吉凱好點了沒有。」大喬一臉擔心模樣。

「有市內電話嗎？」小喬問道。

「抱歉，沒有，因為偶爾才回來渡假，裝電話實在不划算，而且渡假就是要不受外界干擾，所以也沒裝電話。」我說道。

月理端著托盤從廚房下來，裡頭裝著五盤麵線，油香使得我們食指大動，大夥兒一一伸手取用。

此時新聞再度報導于傑森越獄，可能潛逃回到魚池鄉的消息。

三姊妹在此同時深吸了一口氣。

「怎麼了？」我問道。

「我們昨天帶來的衣服不見了！」喬媽說道。

我不禁啞然失笑，于傑森是個男的，犯不著去偷女性衣物吧！我提出我的看法。

「不是我們自己的衣服不見了，是我們幫文玄與吉凱帶的衣服不見了！」小喬說道。

「男裝不見了，這就奇怪了！不會是妳們不知道收到哪裡去了吧！」我問道。

「不是的，昨天雖然很累，但是我們因爲三個人擠一間，所以我鋪了被子睡在地板上，其他雜物就塞進一個袋子，堆在門口。」

言下之意有我苛待她們的味道，哼哼。

「東西是放在門口？」我開口問道。

「是。」

「我早上沒見到。」月理說。

「袋子裡還有些什麼東西？」我繼續問道。

「文玄兩兄弟的衣服，還有一條土司。」說話的是大喬。

「土司！」我皺起眉頭，深覺不妙。

「連土司也不見了，該不會是于傑森潛進來，把東西吃了，同時換上乾淨衣服準備藏匿起來吧！」喬媽說道。

此話一出，感覺上大家神經都緊繃了起來！

「我要離開這裡！我要去找吉凱！」小喬哭喪著臉。

「我也覺得事有蹊蹺，達霖你還是先送她們去醫院找吉凱與文玄好了。」月理說道。

「好，吃過早點我們就出發。」我下了決定。

「我看家。」月理說。

「不行，留妳一個人在家裡太危險了，大家在一起彼此有個照應。」我說道。

用完餐後準備出門，我將大門仔細鎖上，以免沒人在的期間，于傑森眞的跑了進來。

大夥又擠上我的車，一路小有顚簸，行經幾個斷崖後，就要抵達瀃水吊橋。

在抵達吊橋前，我驚呼出聲！

「什麼！怎麼可能！」

我這麼驚訝是有原因的。

昨天晚上還在的吊橋，今天居然已經不見了！

眼看原先應該是吊橋的地方空空如也，這麼一來，我的別墅不就成了山中孤島？這個吊橋雖然看起來有點危險，但是可容汽車經過，也就是說，這是一座大吊橋，不是拿把剪刀或鋸子就能輕易弄斷的。

吊橋不見了，連吊橋的屍體都沒見到，我不禁懷疑是否我走錯了路。

月理也發現了。

「達霖，這是怎麼回事？」

「吊橋不見了！」

聽到我這麼說三姊妹都尖叫起來。

於是我們只得折返家中。

【五】女生說

達霖要送三姊妹去醫院找文玄與吉凱，沒想到發生令我們大家都意料之外的狀況——吊橋不見了！

此時大喬小喬有些歇斯底里：「一定是殺人魔把橋給弄斷了！他要把我們困在這裡，然後再一個一個殺掉！」

「這沒道理吧！他爲何要殺掉我們？」達霖說道。

「說的也是，不過，爲什麼橋斷掉了呢？」

「這我也不明白。」達霖一邊說，一邊將電視打開：「我們還是先留意一下于傑森越獄的新聞。」

這一天的早晨，我們可以說是在不安與疑懼中度過的，新聞報導也只是不斷重複已知的訊息，還有就是說明南投警方已經大規模出動搜索山區的消息了。

到了中午，達霖詢問大家想吃些什麼，三姊妹和我都沒有意見，隨達霖弄什麼就吃什麼，於是達霖便到廚房去弄中餐，就在此時，外面傳來一陣鞭炮聲似的「碰碰」爆裂聲響，此起彼落！

「快趴下！」達霖出聲道。

「啊！」三姊妹同聲尖叫，連忙躲到沙發背後。

達霖從廚房衝下來，小心翼翼從窗簾的空隙往外看。

「看見什麼了嗎？」我小聲問。

「沒有，什麼都沒見到。」達霖說。

「會不會是警察來抓于傑森，現在正在槍戰？」喬媽說道。

「這樣我們不就很危險？」大喬說。

「怎麼辦？我想回家！」小喬說。

「噓！不要出聲！」達霖示意道。

「小聲點，就當沒人在家！不然于傑森衝進來把我們當人質，我們就遭殃了！」喬媽安撫她的兩個妹妹。

剛剛那一陣聲響過後，就沒有動靜了，我們大家都僵在那兒，不知該如何是好。我正想站起身伸展一下筋骨，門鈴突然響了起來。

大夥兒面面相覷。

「要不要開？」我問達霖。

「先看看是誰再說。」達霖回答。

達霖跑到廚房，拿了兩個單柄快鍋，遞給大喬與小喬，自己則不知從哪裡拿來一支防身用的短球棒。

「讓我看看是誰。」他說道。

他眼睛湊近門上小孔。

「是小舞！慢著，她身後有一個人影。」達霖回頭說道：「等一下我一開門，月理把小舞拉進來，我們則敲昏後面那傢伙！」

大家都點頭示意，達霖小聲數到三，把門用力一開，小舞整個人便癱在我身上，我差點支撐不住，而後面那人一腳踏進屋內，便被球棒和鍋子襲擊。

「哐噹！」「哐噹！」「唉唷！」聲音依序響起，來人就被我們敲昏，躺在門口。

大喬小喬此時用膠帶把這名陌生男子的雙手綑綁，連眼睛和嘴巴都矇了起來。

小舞倒在我身上，我用盡全力將她拉到沙發上躺著，她身上還穿著昨天出門時的衣服，難道說她昨晚其實沒有離開？

「小舞狀況還好嗎？」達霖問道。

三姊妹這時圍了過來，我向她們解釋小舞是達霖的朋友。

「她好像睡著了。」小喬說道。

「是啊！呼吸很規律呢！」大喬出聲附和。

「達霖，妳有沒有發現小舞和昨天穿一樣的衣服？」

「咦？這是爲什麼？」達霖問道。

「會不會小舞根本沒有回去學校？她其實一直在村子裡？」我說出我的推測。

「這樣的話，小舞不就是一開車上路，就遇到這個混蛋了？」達霖走到躺在門邊的男子處，狠狠踢了一腳。

「啊！那她有沒有怎麼樣？」喬媽說道。

經喬媽這麼一說，我仔細觀察小舞。

除了衣服沒換，臉上略顯疲憊之外，小舞看起來並無異狀。

「于傑森應該沒對她怎麼樣吧！」大喬一臉擔心地說道。

「我去樓上拿條毯子下來。」達霖的口氣聽起來有些沮喪。

自己的青梅竹馬遇到壞人，達霖心裡應該很不好受吧！

「那我們現在是不是要報警？」小喬問道。

「怎麼報警？沒電話，手機又不通，連吊橋也斷了，妳說要怎麼報警？」喬媽說道。

「我們可以跑出去求救啊！」小喬說。

「說不定于傑森不只有他一個人，要是他還有同黨的話，那我們現在出去不就是自投羅網？」喬媽說道。

「難道我們就餓死在這山裡面嗎？」大喬說道。

「沒關係的，就算東西都吃完了，還有這個大壞蛋的肉可以吃。」喬媽指指躺在門邊的陌生男子。

大小喬則露出嫌惡的表情。

達霖拿毯子給我，我將毯子蓋在小舞身上，一時之間，大家都不知道要怎麼辦才好。

門鈴，又在此時響起。

「于傑森的同黨來了！」小喬說道。

「同黨？」達霖再度拾起球棒。

大小喬也很有默契的拿起單柄快鍋。

達霖再度湊上門去。

「咦！」達霖的口氣充滿疑惑。

達霖示意大喬小喬退下，將門打開，走進屋裡的居然是文玄與吉凱。

「你們三個拿著東西，難道想敲我們不成？」文玄說道。

「小喬，妳們怎麼跑到這裡來了呢？」吉凱說道，聽他的聲音，急性腸胃炎應是好了大半。

「誰叫你們兩個偷偷溜走都不說，我們只好千里緝夫。」

「緝夫？」文玄說。

「沒錯，你們得好好解釋，爲什麼丟下我們兩個，大老遠跑到南投來。」大喬說。

「還不是因爲我們想阻止……」吉凱話音未落，就遭到文玄搶話。

「還不是因爲我們想來看看老朋友。」文玄說道。

「剛剛吉凱說阻止什麼？」小喬追問道。

「沒，沒什麼，沒什麼。」文玄試圖敷衍過去。

「唉唷！誰躺在地上，害我踩個正著。」吉凱一不小心，就在那陌生男子的背上，踩了一個大腳印，那男子身體扭動了一下。

於是小喬把南投看守所人犯越獄的消息告訴他們兩人。

「對了！你們是怎麼回來的？」達霖問道。

「吉凱吊了幾管點滴，病就好了，我們當然就回來啦！」

「我不是問這個，吊橋不是斷了嗎？」

「吊橋？喔！你是說澀水吊橋？」

「是啊！」

「你嘛幫幫忙！留那吊橋有啥用？年久失修遲早會出事，我們是走新開的澀水十三號橋過來的。」

「哪裡有澀水十三號橋？我怎麼不知道？」

「就在到澀水吊橋前五十公尺左右的路口那裡啊！我們開進來發現吊橋不見了，一問之下才知道原來新的橋通車，就把吊橋拆了，以免沒人維護的吊橋發生意外。」吉凱說道。

「吊橋不見，原來不是路斷了，而是開通了新的路？」

「是啊！」文玄說道。

「不只這樣，剛剛我們進來的時候，還有簡單的通車儀式呢！」吉凱說道。

「要不是要等鄉長來剪綵通車，不然我們更早就回來了。」文玄補充道。

「剪綵？」

「是啊！還放了鞭炮呢！」吉凱說。

一聽到放鞭炮，我們大家都狂笑不已，一旁的吉凱與文玄則是滿臉疑竇，心想放鞭炮有這麼好笑嗎？

【六】男生說

今天早上到現在，我們的緊張完全是白費功夫。

首先吊橋不見了，是因為水泥橋通車，所以就把廢棄不用的吊橋拆了。

其次我們聽到的槍聲，是剪綵時所施放的鞭炮，而非警匪槍戰。

這麼說我們這裡和外界根本就是暢通的嘛！剛剛緊張了半天，只是白白嚇死了一堆腦細胞。

我與月理、三姊妹都笑成一團，久久不能平復，文玄與吉凱一臉疑惑，現下我也懶得向他們解釋了，總之沒事就好。

「有必要笑得這麼開心嗎？」文玄說。

「倒是我想問問，地上這位，真的是于傑森嗎？」吉凱說道。

「我不知道，總之他很可疑就對了，他跟著小舞進來，小舞一進來就暈倒了，他應該不是什麼好東西。」我說道。

「看看電視有沒有于傑森的相片，對對看就知道了。」喬媽提出建議。

「這主意不錯，可得小聲點，別把小舞吵醒了。」月理說道。

於是我將電視打開，還沒看到這則新聞，一旁沙發上的小舞便悠悠轉醒。

「小舞，妳總算醒了，我們都好擔心妳！」月理開心地抱住小舞。

「啊？」小舞像是剛剛睡醒，還搞不清楚發生什麼事情。

「怎麼這麼熱鬧？這麼多人我都不認識。」小舞環視一週，像是在找什麼人。

「這麼多人其實也出乎我意料之外。」我小聲地回應道。

「咦？怡殷呢？」小舞說道。

怡殷這麼名字有點耳熟，好像不久前才聽過的樣子。

「怡殷是誰？」喬媽問道。

「怡殷是我朋友啊！他陪我回來。」小舞說。

「是不是一百七十公分左右？」文玄說。

小舞點頭。

「穿牛仔褲？米色襯衫？」吉凱說。

小舞再度點點頭。

「留個小平頭，但是看起來其實挺斯文的。」文玄繼續說。

小舞又點了點頭：「你們兩個認識他啊？」

「不認識，不過現在門邊躺著一個人，聽起來像是妳的朋友。」吉凱說道。

小舞一聽，連忙坐起身：「怡殷怎麼了？」

「他們四個把他敲昏了。」文玄忍住笑意，一邊說道。

「什麼！」小舞驚呼出聲。

我們連忙把怡殷身上的膠帶解開，扶他在沙發上坐好，月理去擰毛巾，將他剛剛被我們海扁的傷口上略作清理。

「小心一點，痛痛痛！」怡殷開口的第一句話，就是喊痛。

「葉先生，眞是對不起，我們以爲你是壞蛋。」從小舞口中得知怡殷姓葉，我謙卑地向怡殷道歉。

「哼哼！」怡殷哼了兩聲，不說話。

經過小舞解釋，我們才知道，昨晚小舞兼程南下，回到學校已是凌晨時分，處理完老師交代的事已經快天亮了，就準備再度返家，這時隔壁研究室的怡殷知道她還要開車回南投，表示不放心，而且也從新聞網站得知殺人犯于傑森越獄的消息，所以堅持要陪小舞一同回來。小舞拗不過，只得答應了。

但是由於前一晚先是開夜車，加上熬夜趕資料，趕回南投已是體力不支，就這麼巧，在我家門口暈了過去。

也由於小舞暈了過去，我們自然以爲怡殷是壞蛋，不知他對小舞做麼什麼好事，當然先下手爲強，敲昏他。所以在小舞醒來前，怡殷就很無辜地被綑綁倒在門邊，其間還被吉凱踩了一下，被我踹了一下。還好那時他眼睛被矇住，應該不曉得要找誰報仇才對。

現在可好，就在我要準備午餐的時候，小舞與怡殷回來，然後又是文玄與吉凱回來，我家別墅雖然不算小，但是一下擠進九個人，這熱鬧程度就可想而知了。

沒辦法，誰叫我是主人呢！我只好想辦法把冰箱裡的菜通通清出來，勉勉強強弄了六菜一湯的料理，當初沒想到會有這麼多人，所以米不太夠，所幸冰箱裡還有不知何時留下來的土司，一看居然未超過保存期限，所以我以土司代飯，以蛋皮取代海苔，弄了土司壽司，總算還是把大家餵得飽飽的。

吃過飯後，大家都說累了一個早上，想要好好休息，於是我再騰三個房間出來，讓小舞一間、怡殷一間、文玄與吉凱一間。

好在有小舞與月理幫忙，不然光洗九個人吃完的碗盤，就夠我受的了。

明明就是兩人世界的三天假期，就算是一開始多了小舞一個人，變成三人世界的三天假期，我也是可以厚顏地接受，但是現在居然有九個人在我家裡吃喝拉撒睡，這究竟是怎麼一回事？我眞是有些喪氣。

將廚房打點妥當，我回到客廳坐下，該死的門鈴再度響起。

「該不會又有人來拜訪了吧！」我喃喃自語。

我將門打開，這人我不認識，但是看起來沒什麼威脅性，應該不會是于傑森才對，他遞出名片，我才知道原來這位是溜水社區發展協會的總幹事——魏謦峰先生。

「韋先生您好，我是溜水社區發展協會的總幹事，敝姓魏。」

我瞪了他一眼，名片上字那麼大，我不會自己看嗎？

「你好，你好。不知有何指教？」我站在門口，不打算邀他入內。

「我是特地來向您報告，溜水吊橋已經拆除，以後我們居民可以從更新更安全的溜水十三號橋通行了，同時就在今天電信業者也在社區活動中心的樓上裝設了基地台，以後我們社區講手機也會通了，相信對於發展觀光是很有幫助的。」魏先生一口氣說完像是政令宣導的話。

「基地台？」

「是的，其實基地台和新橋都要歸功於我們南投選出來的立法委員柳其瑞先生，他這回尋求連任，還請您多多支持。」說罷就把一張印有候選人政見的小傳單遞給我。

「好好好！沒問題，我會請我全家人都支持柳先生！」我忙不迭稱是，以求盡快將他遣走。

遣走他後，我拖著疲憊的身子回到家中。

此時，樓上傳來驚叫聲！

「啊！」

只聽得出是女性的聲音，我不曉得是誰發出的叫聲。

「韋達霖！你給大姊吃了什麼東西？」不知道是大喬還是小喬大喊，想必是喬媽出事了。要是這次我煮的東西還有問題，那不就九個人通通會應聲倒地？不對啊！

尋思至此，我箭步衝上樓，跑到三姊妹房門口。

只聽見喬媽一個勁兒的呻吟：「唉唷！我的肚子！」

小舞與月理等人都被突如其來的尖叫聲吸引而靠攏過來，紛紛探問怎麼了？

「喬媽還好嗎？」大夥兒問道。

「我……我好像快要生啦！」喬媽勉力吐出這句話。

我張大了嘴。

【七】女生說

因爲喬媽臨時腹痛，我們幾個年輕人都沒生產過，沒一個人有經驗，眞是手忙腳亂成一團。

「我們魚池鄉不是有一個老產婆嗎？達霖你記得嗎？」小舞詢問達霖。

「我知道啊！她很有名。」

「那請她過來好嗎？」

達霖面露難色。

「不行吧！上次老產婆得了全國醫療奉獻獎，我才知道她是民國三年出生的，算算現在已經九十多歲啦！她雖然是魚池鄉最有名的助產士，不過也已經退休十年了！我看，我們還是把喬媽送埔里基督教醫院好了。」達霖說道。

「那我來開車，昨天才去過，我熟得很！」文玄說道。

達霖和吉凱扶著喬媽下樓，文玄則跑步出門去發動車子。

好不容易把喬媽扶上車，文玄開車，大喬小喬隨侍一旁，由於是小房車，所以吉凱沒有跟著去。

留下來的吉凱，忙著用手機通知喬媽的其他親人們，喬媽就要生啦！

我掏出手機，果然訊號滿檔，達霖說的沒錯，根據那個魏姓總幹事所說，從今天開始，溜水社區手機就開始暢通無阻了。

我看看達霖的表情，他似乎對於這個與世隔絕的世外桃源逐漸瓦解，有些無奈。

三天的假期，現在已經是第二天的下午了，我們原先計畫第三天的中午就要準備啓程返回台北，以免翌日上班精神太差。會遭遇到這些的狀況，恐怕也是達霖始料未及的吧！既然已經到了這個地步，說實在也沒什麼遊興了，於是我躲回房間，爲這次離奇的三天兩夜之旅做下記載。

【八】男生說

喬媽臨盆，大家都手忙腳亂，所幸喬媽的先生與母親很快就趕到了醫院，至少沒讓這混亂再繼續下去。文玄也返回別墅，留下大喬小喬與其家人。

文玄與吉凱前一夜是在醫院度過的，前一天在醫院也沒洗澡，所以他們執意留下來再過一夜。他們好好洗了個澡，換上乾淨的衣服後，準備明天一早與我、月理一同返回台北。

小舞與怡殷也說大家都在一起比較熱鬧，要等到週日再一同返回學校。

大喬小喬在姊夫與媽媽前來照料喬媽之後，也在很晚的時候返回這裡，把醫院的房間留給姊夫與媽媽。

別墅再度成為一個熱鬧到不行的局面。

第三天一早，才剛起床，就發覺外頭怎麼鬧哄哄的，我開門一看，竟是一輛遊覽車，有一大群人魚貫下車，其中有一位初老男性向我走來。

「想必您就是韋先生吧！」男子說道。

「是的，我是。請問您是？」我充滿疑惑。

「眞是太感謝你了！我的媳婦受到你太多照顧了。」他沒理會我的問題，自顧自地說道。

「你媳婦怎麼啦？」

「她剛剛生下一個男寶寶呢！雖然不足月，不過醫生說沒啥大礙。」

他這麼一說，我才想到原來這位是喬媽的公公。

「哪裡哪裡，沒這回事。」

又不是我讓她生的小孩，感激我做什麼呢？

「總之，這紅包請您收下，大家沾沾喜氣。」他遞出一個紅包，不顧我的拒絕，強塞到我手裡。

接著他轉頭對後面的群眾說：

「各位親戚朋友，既然大家難得到南投這個好山好水的地方，說什麼也要參觀一下，大家去韋先生的別墅逛一圈，下一站我們就去埔里酒廠。」

一千陌生人等就這樣大剌剌進了我的別墅，把它當成觀光景點。

「韋先生，千萬不要客氣，紅包你就收下吧！」

他滿臉笑意地一再堅持。

最後最後，等到這些陌生人都離開了，我也打算啓程回台北了。

在回程的路上，看到喬公公所率領的遊覽車一行人浩浩蕩蕩，看到月理坐我身旁，看到文玄吉凱大小二喬驅車緊跟我們，旁邊還有一輛警車呼嘯而過，後面還跟著幾輛電視台的ＳＮＧ車。

咦？怎麼回事？

我扭開音響。

「日前發生在南投看守所的越獄事件，南投縣警局在經過多日搜查埋伏，終於在今日上午十時左右將其順利逮捕。于傑森是在民國八十二年間涉嫌謀害商人蔡煌讃一案，逮捕後求刑十八年，日前越獄成功，所幸在警方鍥而不捨的追緝之下順利逮捕歸案。法務部長對此事表達高度肯定，警政署長亦指示要表揚有功員警。」

「原來于傑森眞的在我們附近啊！」月理說。

「別怕！他已經再度就逮啦！」我故作輕鬆，想到這幾天于傑森可能就在附近，仍然讓我心有餘悸。

「達霖，我們把這幾天的事情，寫成紀錄好不好？」

「好啊！我寫還是你寫？」

「一人寫一半，我寫一寫，寫不下去就換你寫！」

「好主意！」

回到公司後，我與月理一人寫一段，逐日張貼於我的部落格之上，還附上了幾張少得可憐的相片，沒想到還頗受網友的好評，於是我們便將這三天的奇妙行程，全部貼完。

【九】訪客留言

韋先生、易小姐兩位好：

拜讀完饒富趣味的旅遊札記之後，使我不禁興起前往澀水一探究竟的念頭，喝喝阿薩姆紅茶、瞧瞧日月潭的湖光山色。您別墅房間這麼多，相信應不至於介意我借宿一晚才對。

對了，我希望能夠自己一個人去，或是由韋先生一個人在的時候去就好了，要是和兩位一起去，我真不敢想像還會發生什麼事來。這完全是為了我的生命安危而作的考量。

有人說「戀愛中的人是盲目的」，因為他們會理想化對方。我則寧願相信「戀愛中的人是殘酷的」，因為他們會不擇手段去消除愛情的障礙。而由於對於「障礙」的定義有些許的差異，加上這次澀水行的諸多意外因素，才導致你們此行的豐富多采。

我說得太含蓄了嗎？

我要說的是，由於你們兩位彼此的愛慕之意，使得幾個無辜的人遭受牽連。

我是從哪裡開始懷疑的呢？

對了，是從「土司壽司」開始的。

在第二天的午餐時，由於一下子有九個人要吃飯，所以韋達霖發現飯不夠，所以作了土司壽司。由於我本人不喜歡吃壽司，所以知道可以利用土司來代替飯的角色時，很是驚訝，我又想到，「土司」這詞，好像在那邊聽過，我回頭點選了先前的記載，我發現喬家姊妹懷疑被于傑森拿走的東西中，就有土司這一項。這代表什麼？就我想當然爾的推理看來，此土司與彼土司，很可能就是同一條。問題來了，每個麵包店都有賣土司，說不定你們在來到澀水以前，就已經買好土司了。於是我再回去翻翻記載，韋兄您是個作事極其細密的人，怎麼說呢？一般人在描述採買過程，頂多就是「買足必要的食材」、「準備好三天的菜色」等等的帶過便罷，您卻並非如此，您連「罐頭、起司粉、醬料」這等細節都講的一清二楚，除此之外，您還買了「義大利麵條、麵線、快煮鍋燒麵」，要是一般人頂多只會說「買了幾包麵」吧！既然都是買麵，一起講完就好了，何必分開講呢？所以我認為您稱得上是個縝密的人，也因此，若是您在採買時買了「土司」，就一定會寫出來。再者，土司的保存期限至多一個星期，照您文章的敘述，該別墅已經數週沒有人使用過，竟然在冰箱出現保存期限內的土司是十分不合理的。所以我認為此土司等於彼土司。這就妙了，為何該被于傑森偷吃的土司，卻出現在你們餐桌上呢？想必是有人把它藏起來了。根據當天的記載，最早起床做早點的是月理，我猜想，她經過三姊妹房門時，看見衣服與土司這包東西，便將之藏起，如此可引起三姊妹猜疑與恐慌。果然，她們認為是于傑森潛入了，所以要早早離開。而遇到斷橋而折返，則應在月理預料之外。

我的推理否略嫌薄弱？並非如此。問題不僅僅出現在土司。在喬嫣送到埔里基督教醫院待產後，她的先生與家人抵達，文玄便返回別墅，據文章中描述，由於前一天吉凱腸胃炎，所以文玄與吉凱都是在醫院過夜，所以兩個人都沒洗澡，而您後來說「他們好好洗了個澡，換上乾淨的衣服後，準備明天一早與我、月理一同返回台北」。這段話乍看之下正常，其實卻很有問題。因為雙胞胎兄弟在第一天曾經對月理說過：「你不知道我們行程有多趕，什麼東西都來不及拿，連衣服也沒帶，就趕著開車下來了」。這個時候你由於擔心小舞安危，所以陪她回家，你不知道他們連衣服都沒有帶也屬合理，但是他們既然沒有帶衣服，怎麼有可能在第二天的時候，洗完澡，並換上乾淨的衣服呢？他們原先身上的衣服，已經穿了兩天了啊！所以我只能推測，三姊妹懷疑被于傑森拿走的衣服，其實是被月理給藏了起來，而此舉卻由於橋斷而無法成功，所以就在雙胞胎需要更換衣服的時候，月理偷偷將衣服送還雙胞胎、或者是假借三姊妹的名義給他倆，反正這個時候三姊妹都在醫院，不會被識破。

以上是我對於「于傑森偷走衣服與土司」而作的推論，亦即月理為了趕走三姊妹，所以製造東西被于傑森偷走的恐慌。若我所言屬實，那這整個渡假旅程，其實就更有值得推敲的地方了。

既然月理會想趕走三姊妹，那韋兄會不會想趕走雙胞胎呢？這其實很有趣，我也在你們的遊記中發現了端倪。

在第一天的晚上，由於雙胞胎吃了原本要給韋兄與小舞的焗飯，所以韋兄就沒得吃了，同時月理想喝果汁，所以韋兄就打果汁、切水果、煮一碗鍋燒麵給自己，而很巧的是，在喝完果汁、吃過水果之後，吉凱便因腸胃炎掛急診，文玄當然得隨同前去。您或許會說，雙胞胎先前在埔里吃了這麼多小吃，會腸胃炎也是正常的，但是我認為這時間也太過於巧合，而且韋兄準備的是「火龍果優酪乳」，怎麼會在這個時候出現這種奇異的果汁呢？不免讓我想到一定有這樣做的理由。我想到的理由是——顏色。火龍果有籽，和優酪乳混和打成汁後，想必是濃稠的灰色，若您在其中加了些什麼東西，想必是無法以肉眼看出。何況您還說已經把籽濾掉了呢！讓我猜猜您加了什麼料？如果做這杯果汁的是月理，我一定猜是月理放了瀉藥，或是摻了瘦身茶之類的東西，對於女孩子而言，隨身攜帶這種東西是說得通的。但是弄這東西的是韋兄，所以我猜您一定是用隨手可得的東西，所以我猜您把鍋燒麵中的生蚵，慷慨的放入雙胞胎的飲料中了，打成汁後，顏色灰白，再將殘渣濾掉，根本看不出來，沒煮過的蚵仔，若保存不當，吃了不拉肚子才怪。你大可以作兩次，給月理是沒問題的飲料，給雙胞胎則是加料的，而因為月理的杯子是特殊的，所以雙胞胎沒有選擇的餘地，只能乖乖接受屬於他們的飲料。

如果說這個計謀不能成功，您還留有後著，這用語聽起來真像是武俠小說，彆扭得緊，您還切了盤水果，記得嗎？您切的是葡萄柚與橘子，這兩種都是「酸性水果」，而先前他們又已經喝了火龍果「優酪乳」和充滿「起司」的焗飯，這兩者都是牛乳製品啊！當其中的蛋白質遇到了酸性，便會發生凝集沉澱，難以消化吸收，要是嚴重的話還會導致消化不良或腹瀉。

您是無心端出葡萄柚與橘子的嗎？我想不是，因為當月理要吃水果的時候，您制止了她，理由是水果剛剛掉在地下。月理說您壞，我要則說，您真是壞透啦！實際上是您怕月理也拉肚子，所以不讓月理吃水果。

我必須承認，我沒有證據指出韋兄您是否真如我所言的方式作手腳，抑或雙胞胎真的只是吃太多而導致腸胃炎而已，若您真的下手，我也無從得知您只是單純想惡整一下他們，或是真想到可能會使他們掛急診。

若雙胞胎飲料中有東西，我也不知道是只有一杯，或是兩杯都有，若只有一杯，那可能是你擔心兩人都出狀況，太過明顯而被識破，若您下了兩杯，那只能說吉凱的腸胃比較虛弱，因此中獎。

這個計謀成功了，所以雙胞胎當晚都沒能打擾兩位，所以讓你們在日月潭的清幽景致中談情說愛了一晚。而三姊妹在其後出現，又是意外的巧合。

說到這裡，我認為韋兄與月理分別實行一次趕跑外人計畫，韋兄成功了，若非吊橋斷掉，則月理也是幾乎成功了。

再回頭想想，還有沒有外人？仔細回想一下，有！就是小舞！不過小舞臨時被電話叫走，是否真是月理所為則不得而知，我所知道的是，月理有機會知道小舞的手機號碼，而在知道號碼與小舞接到電話之間，月理是曾經一個人回到房間的，所以有充足的時間安排，就是找人將小舞叫走，而且由於一般手機不通，月理應該是用小舞手機作的安排，再將撥號出去的通訊記錄給消除。話說回來，就算小舞是真的被教授叫走，那麼對往後故事也沒有影響，韋兄還是可以陷害雙胞胎，月理還是可以嚇唬三姊妹。

我簡述一下這段三天兩夜的過程。在兩人抵達後，不斷出現一些外來的干擾者，所以兩位像是事前偷偷約好一般，將外來者趕走，該剛開始都成功，但是由於干擾者愈來愈多、加上原先被遣走的人一一回籠，所以這趕走外來者計畫最終還是宣告失敗，原先一輛車兩個人的旅行，甚至還動用到遊覽車才載得完。

你們兩位因為不想有外人干擾，所以採取了趕跑外人的手段，原本是天衣無縫，沒想卻被我看了出來，你們的手段無傷大雅，而且，要是被識破，也很容易搪塞過去，說只是開開玩笑而已，畢竟這不是那種一旦失敗就得鋃鐺入獄的預謀殺人案件，這三天裡不僅沒人死，還有新生命的誕生；要是成功的話，對朋友也不會造成太大的影響，畢竟你們只是把他們騙走而已。也因如此，才使你們採取了這些不能確保百分之百成功、失敗了也無所謂、要是成功了更好的行為。

我的推測都流於臆測嗎？我不以為，這段遊記是兩位寫成，在執筆時若是自己動了什麼手腳，甚至不用刻意隱瞞欺騙，只要換對方寫即可，反正對方也只是看見被矇蔽的假象，自己也無庸信口扯謊。就這麼巧，在月理趕走女生、達霖趕走男生時的描述，都是對方執筆，因我的推理合理至極。

讀後小感言，如有冒犯，還請見諒。

覺得要是當你們朋友很可憐的　認真鄉民　敬上

情詩殺人事件

Tung Blossom Festival

Tung Blossom Festival

Tung Blossom Festival

【一】李之儀〈卜算子〉

「我住長江頭，君住長江尾，日日思君不見君，共飲長江水。此水幾時休，此恨何時已，只願君心似我心，定不負相思意。」

名主持人熊旅揚女士的聲音，四平八穩地由電視中傳進耳裡，讓人想起高中時期嚴肅的歷史老師。晚飯後隨意轉著電視，無見間轉到這個老字號的介紹大陸節目，這個節目的口碑一向不錯，所以我多留意了一會兒。

這一集的節目內容，是講述長江因為三峽大壩的興建，而對長江流域的歷史人文、社會生活造成了哪些的嚴重改變。其中還提到了長江流域居民「共飲長江水」的這個事情，當然其中也包含了若干的纏綿悱惻愛情傳說。

說到三峽大壩的興建，還眞的影響到了不少人，除了那些被迫遷村的居民之外，我有個敬重的長輩，退休後遊山玩水好不愜意，他旅遊的目的地都是德法英日等等的先進國家，而都不去東南亞國家等等的開發中國家。他的理由是，出國就是要去先進國家參觀學習，培養世界觀，去後進國家做什麼呢？聽起來是言之成理啦！他口中的後進國家，當然也包括對岸了。本來他是說什麼都不去中國的，但是前些年聽說三峽大壩要興建了，要是大壩的水滿了起來，三峽的一些歷史文物與壯麗山川都將爲之改變，以後就看不見了，所以不得已，他也只好做點變通，前往中國參觀。

說不定，他在中國的酆都遇見了鍾魁，鍾魁要他收伏因鬼城沒頂後而四散鬼怪的工作，鍾魁傳其技藝，他在學成接下任務後，浪跡天涯，只爲了完成任務，終其一生，總算成任務，後來人們爲感念他，封他爲「殭屍道長」。

想到這裡，原來混沌理論中的蝴蝶效應確有其事，誰能料到三峽大壩的興建，改變了他的一生呢？命運實在是不可捉摸啊！

「達霖！不要開著電視打瞌睡！」

妻的聲音從廚房傳過來，將我驚醒，原來我睡著了，難怪我覺得不對勁，殭屍道長不是港星林正英才對嗎？剛剛飽餐一頓後，血液都流到胃裡去了，使得我頭昏昏腦沉沉。

「達霖，剛剛那幾句是誰寫啊？」

「一個住在長江出海口附近的癡情人寫的。」

「我是問正經的啦！」

「那我也正經地回答妳，我去請示GOOGLE大神以後再告訴妳。」

「算啦！不知道就別查了。」

妻將碗盤洗好後，自廚房走了出來，在我身邊坐下。

「怎麼突然問這個？」我問道。

「昨天辦公室的林嘉嘉收到了網友送到辦公室的花，花裡卡片就寫著剛剛主持人說的那幾句話，不過他沒寫那麼長，應該只有寫前四句，我想到了就隨便問一下。」

「原來如此。林嘉嘉不就是那個有點胖胖的女同事嗎？」

「你沒記錯，就是她。」

「那她行情這麼好啊？網友還送花到辦公室？」

「對啊！還是匿名的喔！林嘉嘉她說這網友她還沒見過面呢！唉！還是單身有價值。」妻嘆了口氣。

「是單身貴族還是單身公害，就很難說啦！」我說道。

「看是對誰而言囉！林嘉嘉還年輕，應該正在享受被追求的樂趣。」

「嗯。」

「而且林嘉嘉還把收到的小卡片，貼在辦公桌前，像是怕有人不知道她行情好呢！」

「真是什麼人都有。」

「老公啊！你怎麼都不寫情詩給我啊？」

「剛剛那幾句也是抄的啊！用抄的我也會，而且要抄我也會抄我住淡水河頭……」

話沒說完就挨了妻一記粉拳。

「少來，沒誠意還敢說，不理你了。」

妻起身，到電腦桌前坐下，我知道她要去查詢一下我們最近投資的定期定額基金的報酬率表現如何，最近她挺關心這個的。連上網路後，我看見妻也登入了ＭＳＮ，我便偷偷摸摸在她身後窺伺著，我想知道她有沒有交一些奇怪的網友。

「你看看……唉唷！」妻猛然一轉頭，剛好與我湊過去的腦袋撞在一塊兒，我們兩個都發出哀嚎。

「你在做什麼啦？你不是在看電視？痛死我了啦！」妻一臉痛苦表情。

「來，老公給妳秀秀，給妳呼呼，不痛不痛喔！」我伸手按住妻被我撞疼的部位，輕輕地揉著。不一會兒，安撫見效，我便問道：「妳剛剛要跟我說什麼？」

「你看，林嘉嘉現在的ＭＳＮ暱稱是『嘉嘉：共飲翡翠水』，還眞肉麻。」妻指著螢幕示意道。

「眞的耶！這應該是要跟『共飲長江水』這首情詩呼應吧！」

「我們是喝翡翠水庫的水嗎？」

「不是，我們桃園是喝石門水庫，翡翠水庫是供應大台北地區的。」

「那我們的比較厲害。」

妻這麼一說，可把我搞糊塗了。這兩年每逢颱風，就出現「原水混濁」這種莫名其妙的停水原因。又不是今年才有颱風，明明就每年都有颱風。而若雨下愈大，我們愈可能停水，眞是氣死人了。

「妳的意思是？」

「石門水庫比較有名啊！」

「是因爲常常停水？」

「不是啦！是因爲要是有男士的拉鍊忘記拉上，不是都說『你的石門水庫沒關』嗎？」

我眞是敗給她了。

【二】詩經．周南〈關雎〉

「關關雎鳩，在河之洲。窈窕淑女，君子好逑。」

有人說一旦進入職場，就會陷入無法脫身，當老闆的有企業競爭的生存壓力，當員工的想保住工作飯碗，所以一天一天被接踵而來的工作追著跑，沒有停下的一刻。我現在就有這種感覺。該不會哪天我感嘆光陰似箭的時候，我已經是個年逾半百的老頭了吧！想到就擔心。

我坐在床頭翻看著出版社寄來的廣告ＤＭ，我上一次好好讀完一本書是什麼時候的事了？腦袋裡一片空白，想不起來。我很愛買書，尤其愛買舊書，還住在台北的時候我有時間就往舊書店裡鑽，尋得了不少好書。但是現在住得比較遠，這個嗜好只能稍微收斂了。不僅如此，現在都只能利用通車時間來看書了。

「要撒嬌。」妻穿著睡衣，硬擠入我與手上的ＤＭ之間。

「嬌，嬌，嬌。」我一邊做動作，一邊說道。

「哈哈，好幸福。」

這得特別說明，這是我與妻之間的特殊親暱動作，外人不僅看不懂，還會覺得無聊。當執行「撒嬌」這一動作時，先假想手中有一把「嬌」在手心，然後手背朝上，五指聚集朝下成尖狀，每喊一聲「嬌」時，五指便彈開，將手中的「嬌」灑出，完成「撒嬌」動作。適合執行「撒嬌」的地方，爲對方的頭頂，若能繞著灑一圈，被撒嬌者能感受到百分之百的幸福感。

我曾試圖向友人說明我們這個撒嬌的行爲，結果大家都覺得我們很肉麻、很無聊。所以我們一直都是倆人玩得很開心而已，沒辦法把這個動作推廣爲全民運動。更別提妻的撒嬌動作更爲經典，她是像觀音大士一樣，用虛擬竹葉對我「撒嬌」了。

「關關雎鳩，在河之洲，窈窕淑女，君子好逑。」妻說道。

「怎麼了？最近這麼有雅興讀詩？」

「哪有啊！這是今天林嘉嘉收到花時，裡面的卡片寫的。」

「那個網友的程度不錯耶，還知道前面兩句，一般都是後兩句比較廣爲人知。」

「淑女窈窕，君子好色，這兩句嗎？」

「不要亂講。」

不過，是挺窈窕的啊！

我伸手往妻的腰際摟去，一邊心想。

妻按住我的手：「沒規矩。」

「我這人就大的缺點就是太老實，怎麼會不規矩？」我說道。

「老實？老實的話每次說要帶我去哪裡走走，怎都說過就忘啦？」

「有嗎？」我想了想。

「有，你說要帶我去你爸媽以前談戀愛的植物園散步，還要去吃好吃的牛肉麵，你忘了嗎？」

好像是有這麼說過。

「當然沒忘記啊！不然我們明天下班就去。」

「好，擇日不如撞日，明天下班就走。」

翌日，我們約在捷運台北車站，然後準備搭捷運過去。記得很早以前到植物園是沒有捷運可以搭的，對於路怎麼走，我只有一些微薄的印象，更別說是那間好早好早以前吃過的牛肉麵了。

所幸我有自知之明，在捷運站拿了一張「台北捷運旅遊導覽地圖」，像植物園這種景點，一來廣大、二來綠地一定是綠色區塊，所以我很順利地找到了搭乘捷運前往植物園的路線，是由「中正紀念堂站」的一號出口，沿著南海路一直走就到了。

雖然植物園就位於車水馬龍的南海路與和平西路的交叉處，但是走在黃昏時分的植物園裡，倒也能自心裡產生一股靜謐的氣氛，我牽著妻的手，眞想就這樣一直走下去。

「執子之手，與子偕老」應該就是這樣的感覺吧！最近我的思想也變得詩情畫意起來。走了約莫半個小時，由於我擔心入夜後蚊蟲變多，把妻咬腫了可不好，同時我想妻應該也過足在樹下散步的癮了，所以我便提議去吃晚餐。

妻同意了，劇本演到這兒都很順利，沒想到在找印象中的那間牛肉麵店時，我卻遍尋不著，十分尷尬。我明明記得它叫做「公賣局牛肉麵」，而這附近的南昌路上就有一間菸酒公賣局，說什麼都應該在附近才對。

「達霖，你在台北也曾住了不少的日子吧！」妻問道。

「是啊！爲什麼這麼問？」我回答。

「因爲我覺得，你好像還頗常迷路的啊！」

「啊？」被妻這麼揶揄，我一時不知如何回應。

「看你不知所措的模樣，眞是可愛啊！」妻說。

看來妻的肚子還不餓，有心情開我玩笑。

「我這個主要是掌握大方向的。」一邊找，我一邊開口爲自己辯護。

「哪些算大方向？」

「很多啊！像是斗南就在斗六的南邊，竹北在新竹的北邊等等的。」

「你的大方向還真大啊！」

看來我的回答讓妻哭笑不得。

「也有比較精細的啦！」我說道。

「哦？說來聽聽。」

「像台北市的幾條主要道路，我就很熟啊！由北到南的路都很有邏輯。」

「怎麼說？」

「由北到南依序是民族、民權、民生、忠孝、仁愛、信義、和平，既有三民主義又有傳統八德，這樣順序多清楚啊！」

「這樣嗎？那南京東路、南京西路和市民大道，你把他們放到哪裡去了？」

「就穿在三民主義和八德中間嘛！」

「喲！還挺有概念嘛！」

「那我再考考你，剛剛說的東西向的路，哪些是單行道？」

「仁愛與信義，分別是往東的單行道與往西的單行道。」

「不錯不錯，不過這些都是東西向的路，那南北向的路怎麼辦？」

「這個，南北向的路就比較沒有邏輯了，很難記，所以有必要的話，我會看地圖，別擔心。」

我對妻笑了笑，瞧！我不是按著地圖順利找到植物園了嗎？至於牛肉麵館不見的這件事，我得向公賣局反應才行，叫做「公賣局」的麵店不見了，公賣局總不能置之不理吧！

妻對我的想法不予理會。

「找不到就算啦！隨便吃一間吧！」妻說道。

「好吧！剛剛沿南海路走過來的時候，我看到對向有一家牛肉麵館，我們去那邊試試口味好了。」我提議。

「好。」

命運就是這麼捉弄人，當我們穿越馬路來到店門口，除了店名之外，下面還有四個大字「原公賣局」，令剛剛找半天的我倆無言以對。原來公賣局牛肉麵不僅搬了家，還改了名字，分明是要我在妻面前丟臉嘛！

吃過味道既香、辣勁又足的紅燒牛肉麵之後，妻還是沒原諒我剛剛走過來的時候，沒注意到這家改了門臉的店鋪就是公賣局牛肉麵。

吃過飯，依舊是坐車返家。

路上我隨意問起，林嘉嘉的情詩王子有沒有新的舉動時，妻告訴我，林嘉嘉這兩天的暱稱是「嘉嘉：君子都好踢足球？」

「這是什麼意思？」我問道。

「欲拒還迎，裝聾作啞吧！」

妻的評語挺刻薄的。

【三】張小嫻〈最遙遠的距離〉

「世界上最遙遠的距離，不是生與死的距離，不是天各一方，而是，我就站在你面前，你卻不知道我愛你。」

這兩天藝文版有個有趣的新聞，就是香港作家張小嫻的作品被當成印度詩人泰戈爾的作品在網路上廣泛流傳，甚至出現一些網友的接力創作，其中不乏若干惡搞的文章。而令人搖頭的是，張小嫻這位原作者卻被視為抄襲。或許阿Q一點地想，也可以解釋成對張小嫻的恭維，因為自己的作品被當成諾貝爾文學獎、世界級大文豪的作品了。

有位署名「果子離」的文友便這麼打趣道：「對張小嫻來說，世界上最遙遠的距離，不是生與死的距離，不是天各一方，而是，作者就站在你面前，卻被指責抄襲。」

世事倒也奇怪。

東海大學的彭懷眞教授寫了一個感人肺腑的愛情故事，讀者卻都把它當成是彭教授的親身故事，屢屢造成彭教授的困擾，逼著彭教授老是對人解釋「主角不是我」。

印象裡我也收過這篇文章網路上的轉寄文章，雖然我很討厭「Fw:」開頭的電子郵件，但是如果轉寄者能將「Fw:」去除掉，也將轉寄時所夾帶的前一次的收件者資訊清除乾淨的話，我有空時也是很樂意讀一讀這些勵志文章的。

彭教授寫的是一個單戀的故事。一個毫不起眼的國中小男生，單戀同校模範生，還爲了她展開近二十年的苦讀和苦戀，在不斷自我超越後成爲大學教授，在經過許多波折之後，最後總算娶得美人歸。故事很吸引人，聽說不少人被這篇文章感動得落淚，感動之餘還邊哭邊轉寄。

對照彭懷眞與張小嫻兩人所遭遇到的這兩件事，要是身爲當事人，想必是十分哭笑不得，而網路社會所帶來的效應，還眞是令人難以料想、難以捉摸啊！

我打算等等見到妻，就要告訴妻這兩件軼事。

「世界上最遙遠……」

我與妻同開口，我們相視而笑。

「世界上最遙遠的距離，」

「不是生與死的距離，」

「不是天各一方，」

「而是，我就站在你面前，」

「你卻不知道我愛你。」

兩人共讀一首情詩，感覺很浪漫。

「妳知道了？」我問道。

「我當然知道啊！」

「喔！」

「我才要問你呢，你怎麼也知道？」

「我看報紙的。」我老實回答。

「報紙？報紙也有寫？」

「是啊！月理，我們兩個說的該不會是不同的事吧！」

我將今天泰戈爾與張小嫻的故事說給妻聽。

「唉唷！我不是說這個啦！這是今天林嘉嘉收到花裡面的詩啦！」

「這麼巧？」

「是啊！不過這詩很紅，應該只是巧合吧！」

「說不定就是抄報紙的。」我說道。

又過一天。

「你知道嗎？林嘉嘉今天在辦公室用電話跟人吵架耶！」妻對我說。

「哦？」

「她對著電話喊『你不要再送花給我了！』辦公室的人都在猜，她跟情詩王子應該是吹了。」

「那多可惜啊！這樣我們『每日一詩』的節目要請誰來代班？」

我說了個冷笑話，以前小時候有「每日一字」與「每日一詞」的節目，國語老師強迫我們每天都要看，然後將節目介紹的字詞寫在家庭聯絡簿上，而我老是忘記這回事，因而常常挨揍。不過升上高年級以後就不挨揍了，因爲我都直接抄隔壁同學的。

「你很無聊耶。總之應該是沒有每日情詩可以賞析啦！」

「眞可惜了這位才子。對了，知道他們爲什麼吵架嗎？」

「根據小道消息指出，林嘉嘉覺得對方配不上她。」

「哦？所以林嘉嘉知道對方是誰？」

「是啊，是個藍領勞工。不過這也是聽說的啦！我不知道是誰。」

「這種事妳也知道，眞是太厲害了。」

「林嘉嘉身邊的人說的嘛！聽說是曾經來過我們公司的人，對林嘉嘉一見鍾情，有一次趁機抄了她的MSN，然後加入好友名單當中。林嘉嘉以爲是哪個朋友的帳號，所以也設爲好友，就這樣搭上了線。」

「結果時間一久，情詩王子身份一曝光，戀情就見光死？」

「看來是這樣的啦！林嘉嘉本來還以爲遇到天上掉下來的小開呢！」

「天上掉下來的東西，還是小心點好。」

「是啊！今天林嘉嘉的暱稱是『嘉嘉：還是別讓我知道你愛我好』。」

「或許愛在朦朧未明時最美吧！」我說道。

「你對我也是如此嗎？」妻問道。

「當然不是，我一天比一天愛妳。」我深情地說道。

「是嗎？」

「月理，我愛妳已經愛得失去自由，愛得沒有保留，愛得心中著了火。」

這是在我年輕的時候，實力派歌手張信哲所唱的歌，念給妻聽正合適，我一臉正經地讀了一段，妻伸手摸摸我的額頭：

「你發燒啦？」

「亂說。」

「那你多說一點。」

「你怎麼能夠說得如此輕鬆，走得如此從容，讓我如此驚慌失措。」話一出口，我就覺得怪怪的。

「你到底在說些什麼啊？」

「哈哈。」我試圖矇混過去，原來情歌不全都是好情詩啊！

【四】情詩王子〈無名詩〉

這天下班後，妻告訴我今天林嘉嘉沒來上班，但是情詩王子還是送了花來。

「這次的詩寫些什麼？」我問道。

「這次好像不是世界名句，像是他自己寫的。」

「哦？從抄襲進而模仿創作就是了？有進步耶，趕快讀來聽聽。」

「這一條紅色的路，就像是城市的動脈，我對妳的愛，就似動脈一般，源源不絕將愛送給妳；就像紅血球帶著氧氣一樣，朝著妳，朝著我的心臟而去。」

「還不錯嘛！舉的例子挺有意思的。」

「這能算詩嗎？像情書多些！」

「應該可以算吧！什麼散文詩還是敘事詩，讀起來也沒詩的感覺。」

「你記不記得答應過要寫情詩給我啊？」妻剛剛應該只是隨口問問，然後馬上轉移話題到我身上來。

「好好好，給我時間好好想想。」我敷衍過去，妻則裝出生氣貌。

一起坐台北捷運，轉台鐵區間車，再轉社區巴士回到家之後，晚間新聞播出令人震驚的消息。

林嘉嘉遇害。

屍體在台北縣五股鄉的觀音山山區被發現。屍體的慘狀沒有必要多做描述，總之是遭勒斃的，而根據林嘉嘉的家人表示，林嘉嘉說要與網友見面，就此一去不回。

林嘉嘉與網友見面後遇害，警方推測爲又是一起網路交友不愼，因而遭遇不測的典型案件。

這件事一發生，林嘉嘉先前被網友熱烈追求的事情立即曝光，遭到警方的特別重視。由於妻與死者是同一辦公室，所以得知許多報上未揭露的部分。

林嘉嘉的交往的網友人數眾多，且網路上的身份與現實生活中的身份確認起來十分耗時費事，經警方連日清查，遭到警方鎖定的有七名嫌犯。

第一位：戴龍吉，修車廠技師。

第二位：羅德禮，同一公司總務課的同事。

第三位：陳朝尹，七百ＣＣ專賣店的外送人員。

第四位：姜泰泉，快遞公司送貨員。

第五位：許紳銘，健保局辦事員。

第六位：胡金濤，ＯＡ辦公用品業務。

第七位：史以君，服飾店店員，女。

「嫌犯還眞不少。」我說道。

「她的交際是比較複雜一點。」

我知道妻對林嘉嘉的評價並不高，她這句話算是說得很含蓄了。

「除了女性之外，其中幾個看起來都有可能是情詩王子嘛！」

「是沒錯，因爲這其中有人的確有來過我們辦公室，所以應該是在裡面，錯不了。」

「哪個人會是情詩王子呢？」我自問道。

「有興趣研究啊？」

「多多少少啦！」

「這個，拿去。」妻遞給我一張紙。

我接過一看，原來是四首情詩的影本。

「妳印的？」

「韋達霖，你很不瞭解我喔！我哪這麼無聊啊！」妻白了我一眼。

「喔。」

「今天林嘉嘉沒進辦公室，就有人起鬨拿情詩來印，一人一份，反正她都把情詩小卡釘在桌子前。」

「你們這是什麼行爲啊？」

「你們辦公室沒有嗎？像是每單月統一發票開獎以後，就有人特別熱心嘛！他們會用公家的影印機印中獎號碼給每一個人。」

「原來還有這種文化。」我點點頭。

我仔細端詳這四首詩，與先前說得差不多，只是每一首的最後有加註時間與日期。時間的記法是二十四小時制，而日期的記法也頗爲西式，是「日　月　年」的記法，而月的部分還用英文縮寫。

「我住長江頭，君住長江尾，日日思君不見君，共飲長江水。」

23:29 30.Aug.2006

「關關雎鳩，在河之洲，窈窕淑女，君子好逑。」

20:33 01.Sep.2006

「世界上最遙遠的距離，不是生與死的距離，不是天各一方，而是，我就站在你面前，你卻不知道我愛你。」

21:09 04.Sep.2006

「這一條紅色的路，就像是城市的動脈，我對妳的愛，就似動脈一般，源源不絕將愛送給妳；就像紅血球帶著氧氣一樣，朝著妳，朝著我的心臟而去。」

20:32 06.Sep.2006

我翻了翻月曆，除開九月一日與九月四日中間隔了週休二日之外，照這樣子看來，情詩王子是每兩天送一束花。

我讀了幾遍這四首詩，古有古的精鍊，今有今的意境，都還不錯，至於實際的文字內容……咦？其實有點跡象藏在裡面嘛！

「君子好逑，嗯，君子……這個沒錯。我就站在你面前，」我回頭翻了一下嫌疑犯列表，「這也對。長江頭長江尾，這麼說應該通，是有這可能。我對妳的愛源源不絕，這又是什麼意思呢？不然這個先不管好了。」

我喃喃自語。

「月理，林嘉嘉住哪裡？」

「我記得好像是信義路三段吧！」

「嗯，信義路，那你會不會剛好有這些嫌疑犯的住址？」我有點眉目，或許有了地址就可以說明一切，所以我問道。

「你要住址做什麼？你不會是要親自上門拜訪吧？」妻有點擔心。

「當然不是啦，妳別緊張，我只是單純有興趣研究一下。」

「我幫你問問，明天下班以後給你。」

隔日下班後妻就遞給我一張資料。

「我這是透過林嘉嘉朋友的關係才拿到的，沒想到林嘉嘉她對於每個網友都調查這麼清楚，根本就是想嫁給金龜婿嘛！」

「居然連門牌號碼都有啊！這眞是太強了。」

「當然有啊！這樣她才知道對方是住豪宅還是住出租公寓。」

「眞是設想周到。」

「有同事說，林嘉嘉最後的暱稱是『嘉嘉：你的愛太刺眼』。」

「刺眼？用刺眼來形容愛？這不多見吧！」我說道。

妻則沒有表示意見。

我將嫌疑犯的地址加入嫌犯列表中，然後用台北捷運公司提供的台北市地圖，將嫌疑犯的地理位置一一列出。

第一位：戴龍吉，木柵路四段，修車廠技師。

第二位：羅德禮，信義路二段，同一公司總務課的同事。

第三位：陳朝尹，信義路三段，七百ＣＣ專賣店的外送人員。

第四位：姜泰泉，信義路五段，快遞公司送貨員。

第五位：許紳銘，三重市三和路一段，健保局辦事員。

第六位：胡金濤，羅斯福路三段，ＯＡ辦公用品業務。

第七位：史以君，重慶北路五段，服飾店店員，女。

「我好像知道誰是兇手了唷！」我說道。

「誰？是誰？」妻追問。

「不過我不能很確定是兩個中的哪一個啦！要是新聞再多挖一點，我可能就猜得到了。」

「那你快說嘛！」

「不行啦，我這算是瞎矇的。」

「矇對的話也很厲害啊！」

「妳自己看看啦，我是看地址猜的。」

「地址看起來都正常啊，還是住三重的人離棄屍地點比較近，比較有嫌疑？」

「我不是根據這個判斷的，若是用棄屍地點來判斷的話，史以君住的地方過個重陽橋便是蘆洲市，再過去便是觀音山所在的五股鄉，不會比三重遠。」

妻扁扁嘴：「我想不到啦！」

「妳耳朵過來，我偷偷告訴妳。」

妻果然乖乖湊上耳朵，我吐出舌頭舔了她一下。

「啊！大色狼！」妻像是觸電一般躲得遠遠的。

【五】不再有詩

新聞沒有繼續報導，我也就不知林嘉嘉命案有沒有新的進展。

我心中有兩個嫌疑犯，我心想，要是警察大人或是記者朋友能掌握其中一個人不可能犯案，像是能證實案發當天不在北部等等的，那麼我就可以剔除一個人，那麼另一人就是犯人啦！

「今天一早郭爸說了一件很有趣的事。」妻說。

郭爸是妻辦公室裡年紀比較大的一個同事。

「哦？跟林嘉嘉命案有關嗎？說來聽聽。」

「無關，不過挺有趣的，你聽聽。郭爸的女兒兩個月前去英國唸書，郭爸一直囑咐他女兒人生地不熟不要到處亂跑，天暗了就趕緊回家。」

「天下父母心嘛！」

雖然我們還沒有小孩，但是還是能理解這種心情。

「結果今天清晨四點他打電話去女兒的宿舍，因爲時差的關係，那時是英國的前一天晚上九點，他心想不知女兒這一天過得好不好，想關心一下，所以特地早起撥電話過去。沒想到這一撥可把郭爸給氣壞了！」

「讓我猜猜，嗯，是個男人接的電話？」

「不是啦！倒沒這麼誇張，郭爸就只是發現女兒不在房間而已。」

「會不會是在浴室？」

「不是，因爲郭爸打了很多通都沒人接，洗澡不會洗這麼久。」

「那怎麼辦？打給駐英代表處還是蘇格蘭警場？」

「郭爸也沒輒，就只好一直重撥一直重撥。一直撥到早上七點郭爸得出門上班之前，才聯絡上他女兒。」

「那時是英國幾點？」

「大約是晚上十二點。」

「眞是個乖女孩啊！」我故意說了反話。

「郭爸就氣壞啦！他覺得女兒不瞭解他在台灣操心的心情。」

「這也難免。」

「郭爸要女兒給他個交代，不然就叫她打包回台灣。」

「火氣這麼大啊！」

「女兒解釋說，她是跟同學去看市政府的煙火表演，所以這麼晚回家。」

「郭爸接受這理由嗎？」

「郭爸當然不接受囉!郭爸本身也看過台灣的花火節、國慶煙火等等的，看完煙火說什麼也不會搞到晚上十二點才回家，所以他覺得女兒瞞著他還跑去其他地方玩。」

「完蛋了，郭爸一定更火大了吧!」

「那還用說，郭爸開始對女兒說賺錢多辛苦，不是給她這樣隨便糟蹋如何如何。」

「說的也是。」

「女兒爲自己辯解，她說煙火是從晚上十點才開始放的，所以十二點回到家，兩個小時很正常吧!」

「這市政府也不對，要放煙火不會早一點放嗎?拖到十點作什麼?」我提出質疑。

「咦?郭爸跟你說過啊?」妻問道。

「沒有啊!」

「你剛剛說的和郭爸說的一模一樣耶!」

「嗯，是人都會想到。」

「結果郭爸女兒說了幾句話，就把郭爸弄得啞口無言了。」

「她說了什麼?」

「她說:『爸，我們這裡現在晚上十點才天黑，不在十點以後放煙火要幾點放啊?』」

「喔!原來如此!」我恍然大悟。

現在是夏季，而英國的地理位置比台灣更接近北極圈，所以晝夜變化更爲明顯，如果在極圈之內，甚至會出現永晝或永夜的現象。我剛剛完全是以台灣的現象來作設想，實在是以管窺天。

「呱。」

突然有種住在井底的悲哀，所以我哀鳴了一聲。

「什麼？」妻問。

「沒事。」我說。

「所以郭爸發現他要女兒天黑以前回家，是很有問題的。」

「是啊！」

「郭爸趕緊將規定改為『每晚九點前』要回到宿舍，以免出現這種被大自然擺了一道的狀況發生。」

「哈哈。」

「所以人還是得小心點，不要被先入為主的成見所蒙蔽了。」

「是啊！住台灣的人很不容易想到為何要等到晚上十點才放煙火？那是因為要等天黑啊！」

天還沒黑，所以時候未到、時間未到，咦，我最近好像在哪裡見過好幾個時間……啊！我想到了！原來如此！就是等時間到，就是要等到天黑，天黑以後煙火才美麗啊！

「這實在是太有道理了。」我說道。

「不是本來就應該這樣嗎？」對於我的大力讚嘆，妻表示不解。

「是啊！本來就應該這樣，只是我一直沒想通而已。」

「不懂。」

「不懂沒關係，明天妳自己先回家，我要去信義路一趟。」

「你不是要去抓壞蛋吧！」

「當然不是，妳想太多囉，總之別擔心就是了。」

【六】詩意的推理

下班之後特意跑到了信義路，找到了我想找的地址，還好並不難找，而且與我事前推想的差不多，都在信義路旁而已。

我帶著數位相機像個觀光客似的，從各角度拍了幾張照片，回家後好向妻說明。做完既定的事情後，我搭電車返回位於桃園的家，一進家門，妻正在看新聞。

「警方還不知道兇手是誰嗎？」我問道。

「不知道吧！新聞都沒報。」

「我知道是誰了。」

「啊？真的？」

我將包包卸下，坐到妻身旁。

「林嘉嘉的交際很複雜，所以連警方都無法鎖定特定目標。」

「對啊！嫌犯竟然高達有七人，我就想該不會是共謀的吧！」

「我想不是。」如果是共謀犯案的話，一次是經典，兩次就多餘了。

「林嘉嘉命案最重大的嫌疑犯是誰？」

「當然就是那個勤送花、後來又與林嘉嘉吵架的人囉！而且在林嘉嘉死後，就再也沒有他的消息了，這眞是太可疑了。」

「那他給我們什麼訊息呢？」

「情詩。」

「對，就是情詩。」

「情詩也可以抓犯人啊？」

「那當然，因爲犯人在詩裡留下太多訊息了。」

「哪有？」

「的確有，而且足以使用消去法來確認犯人。」

「哦？」

「首先，『關關雎鳩，在河之洲，窈窕淑女，君子好逑。』這說明送花者是男的。」

「這不是廢話嗎？害我這麼認眞聽！」妻鼓起雙頰。

「別急，警方不也認爲有可能是女性網友下的手嗎？你看第七號嫌疑犯就是女的，所以可以剔除。」

「好吧！那還有六個。」

「第二，『世界上最遙遠的距離，不是生與死的距離，不是天各一方，而是，我就站在你面前，你卻不知道我愛你。』這表示死者與兇手兩人，如果不是在同一個工作場所，就是在平日會有所接觸。因爲這首詩很明確點出，愛慕者就在林嘉嘉眼前，但她渾然不覺，所以發出這種感慨。」

「嗯嗯，雖然你的解釋有點牽強，但這和我聽到的小道消息是一樣的。」

「所以根據這一個線索，只剩下四個人平時與林嘉嘉會有接觸。」

「分別是總務課的羅德禮，以及業務需要會跑我們辦公室的陳朝尹、姜泰泉、胡金濤這三個人。」

「謝謝。接下來第三，『我住長江頭，君住長江尾，日日思君不見君，共飲長江水。』這證明兇手與死者住在同一條河的兩端。」

「台北有淡水河，你是說住在淡水河發源地附近的是兇手就是了？」

「其餘六個嫌疑犯中，沒有住在比較上游地方的人，所以不對。而且死者林嘉嘉也並非住在基隆河、淡水河或是濁水溪的任何一條河的下游，所以必須轉個彎來想。我問妳，什麼東西的性質與河川接近呢？」

「大水溝？」妻睜大了眼。

「妳是指將家庭廢水與工業廢水都倒進去，有這種相同功能的意思嗎？」

「我又沒有這樣說。」妻再度鼓起雙頰，我忍不住伸手捏了一下。

「我相信『道路』會比較符合這首詩所描述的狀況。他們應該是住同一條路上，而且兇手住路頭、死者住路尾。」

「這聽起來還有點道理。那林嘉嘉住信義路，難怪你今天要去信義路一趟。」

「不錯吧！」

「咦？有點不對喔。」

「請指教。」

「我記得長江發源自青藏高原，水往低處流，所以有上下游之分，那『道路』你怎麼區分？」

「按門牌號碼囉！」

「喔，那是靠景福門那邊是路頭，還是靠世貿中心那邊？」

「景福門那邊是路頭，世貿那邊是路尾。」

「那長江是單向的，你說的路是雙向的，這樣不通吧？」

「可是妳別忘了，信義路是單行道喔！由國民黨黨部的方向開始只能單向往世貿。」

「喔，對喔，我一時之間忘了這件事。」妻說道：「那不就剩三個人？」

「如果這個推測沒錯，那麼只剩住在信義路上的三個人有嫌疑。而姜泰泉住得比林嘉嘉更算路尾，所以也可以不考慮。」

「嚴格來說就剩兩個人囉！」

「是的。」

「好緊張喔！好像在開獎一樣。」

「有這麼有趣嗎？」我問道。「第四，注意聽了，這是重點。」

「快說。」

「照我們剛剛的推論，只剩下兩個人有嫌疑。」

我拿出我繪製的嫌犯分佈草圖，然後將不住在信義路上的嫌犯剔除，然後再將住在林嘉嘉以東的嫌犯，也只有姜泰泉一個人，我將他劃掉，因爲相較於林嘉嘉的住處，那邊是路尾。

「剩下的是羅德理與陳朝尹。」妻說道。

「對，而且我幾乎分辨不出這兩個人的不同。兩人都是男性、與林嘉嘉職場上都有接觸、都住在信義路上、而且與林嘉嘉的住處相較，都住在路頭。光憑這些資料，我只能確定這兩個人是重要嫌犯，卻無法確認出誰才是那個人。」

「那怎麼辦？」

「所以我向你要了他們兩個人的地址，我想分辨兩個人哪裡不一樣。」

「你發現了什麼？」

「你看，這是羅德理、陳朝尹與林嘉嘉住處的示意圖，箭頭是指房屋的朝向。」

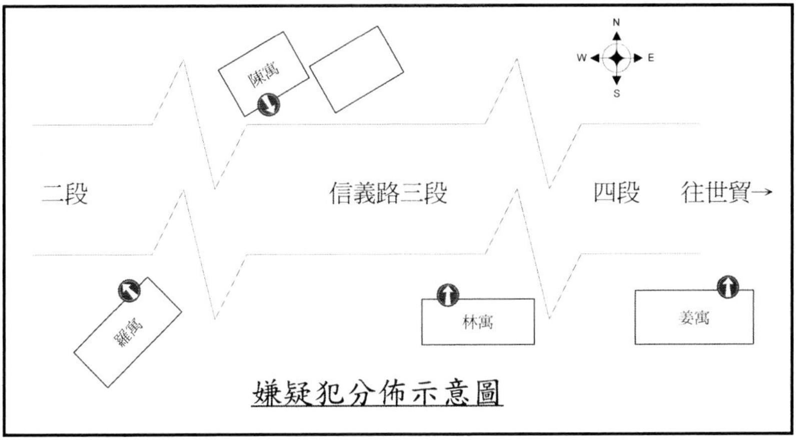

嫌疑犯分佈示意圖

草圖是這樣的：

「哪裡不一樣？」我想考考妻。

「風水不一樣。」妻說道。

「風水？」妻給了我意料之外的答案。

「對啊，你看，一個是坐西北朝東南，另一個則是坐東南朝西北，嚴格來說，坐東南朝西北比較好。」妻很認眞地說。

「所以兇手是？」

「一定是那個風水比較差的人，風水影響了他的作息、思考、行動，最後變成心理不正常，跑去殺人。」

「大師所言甚是。」我做了個揖。

「好說好說。」

「你記不記得說過郭爸的故事給我聽？」

「有啊。」

「那我問妳，爲什麼要等到晚上十點才放煙火？」

「因爲天還沒黑啊！」

「如果天還沒黑就放煙火的話……」

「效果會很差。」

「甚至無法顯現預期的效果，也就是因爲時候未到，不該硬來。」

「那什麼時間才是時候已到？」妻問道。

我不正面回答這個問題：「你看我們手邊拿到的所有情詩。上面有詩、有日期、還有什麼？」

「我看看，」妻仔細端詳：「對了！還有時間。」

「這就是了。你看看講到紅血球那一張，它的時間是什麼時候？」

「晚上八點。」

「前三首詩都有其出處，可是這第四首詩我們猜是他自己創作的，既然寫出這樣內容，要嘛是憑空想像杜撰，要嘛就是看到了類似的景物，然後轉化爲這樣的詩句。妳再讀一次看看。」

妻站起身，開始朗讀：

這一條紅色的路，
就像是城市的動脈，
我對妳的愛，
就似動脈一般，
源源不絕將愛送給妳；

就像紅血球帶著氧氣一樣，

朝著妳，

朝著我的心臟而去。

妻裝腔作勢地讀了一次，然後下了評論：「沒有共鳴，無法想像。」

「單看文字內容可能就只認定是一般的情詩，我也不懂有什麼意義，但是我覺得他會這麼寫一定特殊的理由，只是我想不到而已。所以我就特地選在成詩的時間，跑去最後兩名嫌疑犯——羅德禮與陳朝尹的住家樓下，假想我是站在他家窗前，對著信義路的話，會見到什麼樣的畫面。」

「結果呢？」

「你看看我今晚拍的這個。」

我用數位相機拍了幾張照片，我取出數位相機的記憶卡，起身將其塞入電腦主機中，然後用滑鼠點開儲存相片的資料夾。

我指著其中的兩張讓妻比較，妻一看就看出了差異。

第一張的照片如滿天繁星，黃澄澄一片。

第二張的仍是星點滿天，但這張照片裡的繁星，則如被裹上了一層紅色的玻璃紙一般，所見盡是火紅。

「車頭燈與車尾燈！」妻叫道。

妻很聰明，一看就知道兩張照片的差異。

「沒錯！好聰明。」我摸摸妻的頭表示讚許：「然後妳再讀一次這個。」

我指著最後一首情詩。

「這一條紅色的路，就像是城市的動脈，我對妳的愛，就似動脈一般，源源不絕將愛送給妳；就像紅血球帶著氧氣一樣，朝著妳，朝著我的心臟而去。」妻唸完：「哦！原來如此！」

「所以我們可以確定，兇手就是窗外爲紅色照片這一張的主人，也就是坐西北朝東南的這一戶。」我頓了一下：「從這一戶往外望，只能看到經由信義路開往世貿方向的車尾燈，自然他會寫出『紅血球』之類的詞句。」

「哇！老公你好厲害喔！」妻親了我一下，她說：「原來就是陳朝尹，哼！我就知道他不是什麼好東西！」

「妳這麼生氣做什麼？」我疑惑道。

「他是外送小弟，曾經在外送來的時候請我喝飲料，後來知道我已婚，竟然就往林嘉嘉那邊靠過去了。果然是圖謀不軌。」妻氣呼呼地說。

竟然還有這一段，我皺起眉頭。

「還有其他證據，」我繼續說道：「你看林嘉嘉生前的最後暱稱『嘉嘉：你的愛太刺眼』，她不是用『愛太強烈』、『愛太熱情』等等字眼，而是用『刺眼』這個通常用來形容光線、光芒的形容詞，乍看之下是很怪異的。但妳想想，從路頭往路尾看是紅燈，反之則是黃燈，從路尾的方向看過來，這樣的燈光果然很『刺眼』吧。」

「對耶，林嘉嘉的暱稱等於在呼應那首情詩嘛！」

「就是囉！」

「那我們是不是要報警？」

「這個嘛……。」

我猶豫了，因爲我認爲我們現在做到的部分，警察也做得到，而且警方只要比對嫌疑犯中的筆跡，情詩王子馬上就現形了嘛！如果我沒有猜錯，應該不久後就會宣佈破案了吧！我對妻這麼說，她也贊同。

於是我們決定什麼也不做，等個幾天，看看有什麼進一步的消息再說。

【七】不詩意的結局

果不其然，兩天後新聞就報導了破案的消息。

沒想到警方的辦案結果與我的完全不同！當場讓我傻眼。

警方逮捕姜泰泉——嫌犯列表中的第四號，快遞公司的送貨員。

姜泰泉坦承犯行。

姜泰泉被警方逮捕時一度矢口否認犯案，但當警方舉出他在案發當日，駕車前往五股山區的錄影監視畫面時，他的心防立刻瓦解。

「我是在網路上認識林嘉嘉的，她有點文采，所以我時常上她的部落格去看她的文章。你也知道，網路會呈現出人的特定一面，我大概就是受她在網路上那一面所吸引了吧！有一次，在她的文章中發現她是某公司的員工，而我們公司與該公司有業務往來，不過我不是跑那一條線的，所以我有次特地與同事換班，我想找找看現實生活中的嘉嘉，到底長得怎麼樣？是圓還是扁？由她文章中的點點滴滴拼湊起來，我找到了她的位置，知道哪一個是嘉嘉，其實與我腦海裡的設想並無不同。當時我沒有告訴她我是她的讀者，但是我在網路世界中，從原本的潛水狀態浮出水面，我開始在她的留言版留言，告訴她我對她文章的種種想法。她也恰如其份地回應了我的留言，我還挺喜歡這種感覺的。後來我甚至與同事互換了負責的路線，這麼一來我就可以輕易地見到嘉嘉。拜網路之賜，後來我們愈來愈熟，彼此交換ＭＳＮ帳號，像是從一個偶爾寫信的筆友，變成住在隔壁的鄰居一樣。當然，我還是沒有告訴她我見過她。如果當下是美好的，那就保持在那樣的狀況吧！我是那樣想的。我甚至爲了嘉嘉，而與我已交往多年、論及婚嫁的女友分手。那又怎麼樣呢？我有嘉嘉就好了。說實在的，我不曉得我在網路上呈現出的那一面是怎麼樣的？我想應該還不是個討人厭的傢伙。我們的關係，就在這種我對她有點遐想，或許她也對我有些期待的狀況之下，進展頗爲順利。沒想到一切的美好，都在我們見面之後消失殆盡。央不住她的請求，我與她碰面，而她一眼就認出我來，知道我常去她們公司，是個『送貨的』。『你不就是那個送貨的嗎？』她說。我覺得心裡有塊地方開始崩壞。後來，嘉嘉開始疏遠我，原來嘉嘉是個如此勢利的女人。而我才逐漸清醒，多年來一直陪伴著我的，是我的女朋友，而不是嘉嘉。但是她已無法接受我的挽留、我的懺悔。當回去求她的時候，我都感到羞恥。我的生命遭到破壞，留下污點，因此我決定讓那個勢利的女人後悔莫及。」

不知道記者朋友是從哪裡弄到這篇近似自白文字的，現在的媒體也未免太過於神通廣大了。

由於上述的原因，姜泰泉決定殺害林嘉嘉，以剝奪其生命的激烈手段，來平撫他自認已遭到毀壞的生命。

警方已經找到科學證據來證明姜泰泉有罪，而犯人本身也認罪了，那應該就是他幹的沒錯，無論犯罪的理由爲何，一個人都沒有權力去剝奪另一個人的生命，既然被逮到了，那就乖乖服刑吧！

但我不明白的是，我的完美推理哪裡錯了呢？

我翻開嫌疑犯名單，姜泰泉也住信義路，但住在林嘉嘉以東，所以當初在以「情詩」刪除嫌疑犯時，很快就將他剔除了。

林嘉嘉每兩天都收到匿名網友的花。

林嘉嘉的花上每天都有小卡。

林嘉嘉MSN的暱稱都會變化。

匿名網友在身份曝光後，被林嘉嘉悍然拒絕了。

林嘉嘉在不久遇害。

林嘉嘉交際複雜……

正在我苦思不解時，妻在這個時候打岔了：

「老公，新聞都沒提到姜泰泉送花的事耶，會不會送花寫情詩的人，和殺害林嘉嘉的人是不同的啊？」

眞是一語驚醒夢中人。

「原來如此！」我嘆了一口氣：「原來我們先前討論半天，只是在猜浪漫的情詩王子是誰呢！」

「對啊！應該是不同人吧！情詩王子在林嘉嘉遇害那一天，並不知道她已遇不測，所以仍然送花到辦公室，而當他發現愛慕對象被殺後，就停止送花了。」

妻的推論很合理。

「應該就是如同妳說的了。我這樣猜半天，卻沒發現情詩王子與摧花殺手是不同人，實在令人洩氣。」我說道。

「別灰心嘛！推敲誰是送花的人也很有趣啊！」

妻很貼心地安慰著我。

「我不懂的是，林嘉嘉最後的暱稱爲何與我們推測的相符？難道是巧合？」我說道。

「可能吧！姜泰泉與林嘉嘉的關係，不一定會透過暱稱來進行啊！而且如你先前所說的，『刺眼』的這個暱稱，是在回應情詩王子的。」妻說。

新聞報導總結說，姜泰泉是因爲追求林嘉嘉不成後，新歡舊愛同時離開，因此憤而行兇。而根據妻的說法，匿名的情詩王子在身份曝光之後就已告出局，按林嘉嘉的個性，應是不可能再有任何依戀，更別說以ＭＳＮ的暱稱與之對話了，所以林嘉嘉最後的暱稱應該是針對姜泰泉而來才對。

這是我一廂情願的推測。

爲什麼對姜泰泉的愛，也是用「刺眼」來形容呢？

我對妻說了我的想法，我認爲最後的暱稱應該是針對姜泰泉的。

妻側著頭想了一想，這樣的充滿知性美感的姿勢眞是風情萬種，我不小心就失了神。

她看了看相關人物的位置圖之後，指著姜泰泉位於林嘉嘉以東的住處，對著恍神中的我說道：

「有什麼東西會比東邊升起的耀眼太陽來得刺眼呢？」

一時之間我會意不過來，妻又說了一遍。

「是啊！我懂了。」我說道。

對於林嘉嘉而言，姜泰泉是來自東邊刺眼的愛啊！

她暱稱中的「刺眼」，或許就是指這個吧！

【解說】

油桐花開、新綠瀰漫，正是日常好風景

路那（國立台灣大學推理小說研究社顧問）

我有時候會覺得整個世界都在硬化成石頭
——卡爾維諾，《給下一輪太平盛世的備忘錄》

初讀呂仁的小說，是在某次過年時，因帶回家的書都看完了，心血來潮之下想到還沒讀過呂仁的小說。向他哀號了關於網路與設備的不便之後，他很慷慨的直接將檔案寄給我，讓我過了一個不缺水的好年——但俗話說，受人一滴，當湧泉以報。於是這就是我的報（應）了，在兵荒馬亂的論文完稿前夕，懷著某種虛榮心，硬著頭皮咬牙答應了撰寫解說的重責大任。

桐花盛開，正是日常好風景

《桐花祭》是怎麼樣的一本小說？它是本推理小說，是本可概歸到「日常之謎」式的推理小說，主要的角色是甜到滴蜜又三八到讓人開心的達霖與月理兩夫妻。由於呂仁對這對夫妻的描寫實在太像日常間朋友們見到的景象，於是儘管知道小說中的達霖姓韋，叫做韋達霖，我卻依舊常常不知不覺間記成呂達霖。這樣討人喜歡的角色構成了貫穿《桐花祭》的一整個基調，讓整本小說都洋溢著一股輕鬆的趣味——是的，趣味，這就是我在讀《桐花祭》時所感受到的、最核心的韻味。而相信讀完了這本小說的你，一定也發現了呂仁與目前檯面上其他臺灣推理作家的不同之處——儘管臺推中不乏日常之謎的作品，而呂仁也依舊遵循著以謎團爲核心的寫作路徑，但呂仁的小說實際上並不以極盡曲奇的詭計取勝，他的寫作與其說擁有詭計，不如說充滿謎團；與其說設計精密，不如說巧思才是讓人眼睛爲之一亮的關鍵。再加以生動的人物描寫，致使即便是最沈重的〈上行列車殺人事件〉，讀來也帶著某種明亮的感覺。呂仁以日常生活中會遇到的一些細節爲主軸，交織重疊出的圖樣並非那些沉重的、陰鬱的家族糾葛愛恨所導致的波瀾壯闊，而是一些相較之下顯得平淡的日常生活中所發生的些許蹊蹺。

讀到這裡，或許你會想問，什麼是「日常之謎」？所謂的日常之謎，正如字面意義上所標示的，是日常生活中發生的謎團。由於一般人的日常實在不如名偵探般三天就會遇到一具屍體，所以它大致上是以缺少屍體而知名的一種次文類——是的，在以屍體眾多而出名的推理小說中，這眞是一道奇異的風景不是？

缺少了血腥聳動的屍體，同時失去了錯綜複雜的人際關係，又不是面對社會陰暗面的私家偵探、警察或牽涉到貪瀆案的職員，僅僅是「小市民」的日常生活，到底有哪裡能夠吸引推理小說迷的呢？這個，我想就是初遇日常之謎時，讀者所遭遇的第一個謎團吧。但這個謎團並不難破解，只要在讀過一本日常之謎後，讀者通常就能輕鬆地抓住這個類別的重點：有趣的謎團，有趣的對話，有趣的發展，熟悉的情節。是的，重點就是趣味。有別於同樣「有趣」的諷刺型推理小說，如東野圭吾《名偵探的守則》，日常推理則大多少了那份辛辣，而多了一些較爲柔和的感情。

然而這卻也不是說日常之謎就一定是溫馨美好的。它有些時候也會令人感到傷感或遺憾，有些時候也會牽涉到殺人事件——等等，殺人事件？不是才說過「日常之謎大致上是以缺少屍體而知名的一種次文類」嗎？是的，但請注意，我用的詞是缺少，不是沒有。畢竟，儘管一般人的日常大抵平靜，但每日的新聞裡卻永不缺乏社會刑事案件，因此，日常之謎中也不乏處理到殺人案的小說，例如本書中的〈上行列車殺人事件〉和〈情詩殺人事件〉就是很好的例子：這確實是殺人事件，但卻也同時是一個日常之謎，只是這個謎團和「我們的日常」之間隔著一層報紙（或者，一個朋友）因而即使它本身帶著一些「非日常」的氣味，卻也不那麼濃厚了。

日常發想、多變類型、在地書寫

提到〈上行列車殺人事件〉，在上述之外最引人注意的，應該就屬此一詭計本身了吧。長久以來，臺灣的推理迷們或許都懷抱著一個同樣的夢想，關於要如何寫作出屬於臺灣的鐵道推理——眾所周知的是，要在誤點率極高的台鐵施行精密的時刻表詭計，難於登天。但呂仁透過善用臺灣作為「島國」的特殊性，巧妙地經由一般人對「上行」、「下行」的盲點設計出簡單而有效的不在場證明詭計，漂亮地挑戰了此一難題，不由得讓人眼睛為之一亮。而循著此一道路前進，則我們將會發現呂仁在寫作上其實並不滿於一成不變。儘管本書僅收錄了六篇小說，但這六篇卻各自展演出不同的次類型。如〈土人多多不勝殺〉，除了篇名有向克莉絲蒂致敬的意味外，其內容更是明以「暴風雨山莊」的方式展演，暗裡卻透過敘述性詭計的方式對這個經典次類型加以嘲諷與顛覆，若再以「偵探／犯人」的角度去觀察，則本篇也同時演繹了放在一般推理小說中會稍嫌沈重的「當偵探成為犯人」的議題，加上對男女主角個人心態的描寫，讓這篇小說既詼諧又饒富趣味，是相當精彩的作品。又如〈洋娃娃〉一篇，透過解析國人耳熟能詳的童謠，編織出一個既合理又特殊的「童謠解謎」式的故事。其他如〈真假店員〉為倒敘推理、〈情詩殺人事件〉為暗號推理等，也都是相當精彩的小說。

而一樣由〈上行〉出發，若關注其另一個面向，則我們將會看到鐵道上另一向的風景。若說先前的途徑是遵循著推理小說此一文類內部某種具有普遍性的範式書寫，則另一個方向即是遵循著外來物種在本地落地生根時所不得不經歷的（再）本土化歷程。如漢密特等人發起的「美國革命」，又如推理小說「歸化」日本的歷程，無一不能作爲觀照臺灣推理小說發展史時的借鑒。冷硬派的口號是「將謀殺還給有理由的人」，而這個「理由」必然是根植於現實——亦即當時美國的社會環境之上。同樣的，橫溝正史《本陣殺人事件》之所以成爲名著，是因他成功地令缺乏密閉性的日式建築也能構成嚴格意義上的密室。如同美日的經驗，推理小說移植到臺灣之後，本地作者必然也將面臨到如何寫出富有本土特色的推理小說的課題。而儘管創作者們以作家的敏感神經體認到了這一點，在實際上對於在地書寫並非毫無意識，但當前出版的臺推小說大多數仍然無法擺脫過度受到日本推理小說影響的印象。這是一個很弔詭的現象——儘管以臺灣爲背景，融入了歷史、地理甚或傳說，但小說本身卻依舊讓人有著像是在閱讀翻譯作品的感受，彷彿有個日本幽靈盤旋在小說的上空，揮之不去。這固然是因爲臺灣的推理小說長期以來有著翻譯大於創作、翻譯中日系作品又多於歐美作品的「傳統」。不得不承認，造成此一「傳統」的原因，基本上與本土史地及文學長期不受重視有著深刻的關聯。對於臺灣，許多人幾乎一無所知。但另一方面，在本土推理小說市場與臺灣學相關研究皆仍有待開拓的此時，作者們對所描寫的史地素材都有深入的瞭解，或許也是有些過於嚴苛的要求。

那麼，有其他可行的途徑嗎？若目前的研究資料仍無法通俗至可讓作家們信手拈來作爲素材，那麼何不由日常生活中發想、尋找異地所難得的自家風景？這也是呂仁短篇中相當顯著的一個特色——

由日常生活中的瑣事發想，讓眞實成爲基底。如此一來，在地的氣味也就湧然而生、不假他求。大者如〈上行〉，挑戰了在臺灣一向被視爲「不可能」的列車時刻表詭計。又如〈洋娃娃〉，由朗朗上口的童謠，揉雜了同樣爲人熟悉的怪異解釋（說這首童謠是恐怖鬼故事的故事版本，在我國中時期甚爲風行），在呂仁巧手轉化下，顯現出另外一個可能的詮釋，也相當令人難忘。小者如〈桐花祭〉一篇中對《花園謎宮》的版本考，又如對周遭環境的寫實描述等等。在閱讀翻譯小說時，這一類的細節可能過目即忘，也不甚在意作者寫的是眞有其事，又或僅是小說者言。但當這些細節與我處在同一個脈絡之下，卻會燃起一種心有戚戚焉的共感。這樣的共感，即使並無史書文字的細節佐證，卻同樣的能喚起一種身臨其地的感受，也就是所謂「在地書寫」所欲達到的效果吧。

偵探，與作為偵探

除了類型之外，在呂仁的小說中還有相當特別的一點，即是偵探的角色並不明顯。達霖與月理作爲貫穿系列的角色，戲份自然吃重，但即便如此，他們作爲偵探卻明顯並非「神探」的角色，反而時常遇到其推理三番兩次地被新出現的證據所推翻的景況——不論〈上行〉與〈桐花〉的反覆，在〈情詩〉中，達霖與月理的推理甚至與警方最終找到的解答風馬牛不相及，而其「眞相」則是兩人在知道眞兇後，反過頭來檢視自己推理中的盲點。而在〈洋娃娃〉中，雖然月理解開了老婆婆是誰之謎，但卻留下了一個「洋娃娃是誰」的謎團，這個謎團甚至更大也更讓人好奇。唯一能展現出神探風采的，除了倒敘推理的〈眞假店員〉外，竟是在〈土人〉的最後，看穿達霖與月理不自覺的敘述性詭計，而在網路上留言、自稱「鄉民」的網友。令人訝異的是，這樣的書寫卻不會讓人不耐，由此或也可見呂仁在書寫上的功力。

喜愛推理小說的讀者，當已經習慣這個文類的作家們常常喜歡在小說裡藉著各式各樣的方式對著讀者談論他們對其他作品與作家的認知及理解。這些想法或以詭計講義的方式包裝，或讓筆下偵探大刺刺地透過對話呈現，皆展現出推理小說傳統中異於他者的傳承氣味——儘管當一個虛構偵探談論起其他虛構偵探時，所採用的大多是一種嘲諷的語氣，但那並不妨礙讀者露出會心的一笑——當然，在太過浮濫的時候，也不妨礙讀者露出難看的白眼。身爲一個推理迷出身的推理小說作者，呂仁似乎也難以擺脫「引經據典」的宿命。幸好，他在這方面的運用不算浮誇，更稱得上是頗見機心。例如〈桐花祭〉的內文中以「凱薩琳」和「濱口」這對日本推理作家山村美紗筆下的著名搭檔來稱呼月理的推理社團朋友，並以此巧妙地先暗示、後明說了兩人之間的關係。同時，又以此對鴛鴦偵探開了推理迷社群的玩笑——雖以神探自稱，但登場的推理社團成員並未解明眞相，反倒讓整個情況更加撲朔迷離。但同時，如前所述，月理與達霖二人其實也並未確立「神探」的高度，因而此處原先應有的諷刺，也就轉化爲柔和的幽默，而不顯得過份的刺眼了。另如「土人多多不勝殺」，這明顯致敬於克莉絲蒂（Agatha Mary Clarissa Christie）的知名作品《一個都不留》（舊版譯名之一爲「十個小土人」）；又如「伍立奇大樓」、「伍立奇社區」等，會直覺聯想到懸疑大師康乃爾・伍立奇（Cornell Woolrich）[1]等。

儘管呂仁的小說趣味性十足，同時也兼具推理迷的巧思、作家對於題材掌握的敏銳度，但這些作品畢竟是初試啼聲之作，通篇讀來，仍有不少地方「沒有藏好」，時而出現些許矛盾的描寫，由此可見作者在寫作上仍有青澀之處，同時也讓讀者有機會「當起偵探」來找找作者（犯人？）的馬腳。例如在〈桐花祭〉一篇中，透過對搬家的描寫，我們得知達霖是一個重度藏書家，手上甚至有兩本不同編號的《花園謎宮》，他也知道那是江戶川亂步賞的得獎作。而另一本被舉出來的作品是連城三紀彥的《寫給愛人的信》，這本同樣也可被歸類在推理小說中——顯見他同時應該也是個重度推理迷，或者至少對推理小說略有所知。但這樣的一個藏書者，卻不知道赫赫有名的凱薩琳與濱口是誰？其作者山村美紗在臺灣與日本都曾紅極一時，在臺灣甚至擁有「推理女王」的美譽。就算山村美紗已經是如煙往事的老作家，而皇冠的日本金榜系列雖然收了三本她的作品，卻都並非凱薩琳─濱口系列，因而達霖沒聽過這對偵探與助手，但同樣位列這個金榜的島田莊司，日本金榜系列收錄的是大名鼎鼎的《占星惹禍》（今譯《占星術殺人魔法》），那可就是御手洗─石岡系列了，達霖就算沒買到這本小說，卻也不太可能毫無耳聞這對偵探與助手的大名。但在〈上行列車殺人事件〉中，達霖與月理卻有了這樣一段對話：

「我有一個朋友是推理小說愛好者，要不要請他過來？」

「又是凱薩琳與濱口？那就免了吧！我們上回已經領教過了。」

「不是啦！是御手洗跟石岡。」

「誰？」

「御手洗跟石岡。」

「玉手？唉啊！不管啦！誰來我都不信了。」

「好啦！先這樣，回家再講，我現在有事喔！」

妻匆匆掛上電話。

顯然比起達霖，月理更像個有蒐集推理小說癖好的書蟲。這與原先的設定不無矛盾。又如〈土人多多不勝殺〉中，月理與達霖的遊記，是公開在網路上的文章，其中卻大剌剌的將自己對對方的幻想與心態寫出來，這似乎不太合理。按常理，即使是男女朋友在一起之後，也不太會將曖昧時期的小心機寫出來分享吧。另如留言的「鄉民」，稱達霖為「韋兄」，卻稱月理為「月理」？由此處可延伸出兩個推斷：一、留言者是月理的親友與二、此信是寫給韋達霖，而非開頭所稱呼的兩

1　值得一提的是，這正是作者所預期的效果——我曾經疑惑其背後是否有更多的典故，藉機問了呂仁，他說這是對小說本身的期待，希望它們像伍立奇的作品一般引人入勝。

人。最後，在〈土人〉中，「鄉民」的署名是「覺得要是當你們朋友很可憐的認眞鄉民敬上」但整篇看下來，我卻覺得有這種朋友的達霖和月理才可憐。小舞也就算了，身爲達霖的同事又有女友的雙胞胎兄弟跟過來湊什麼熱鬧？不僅打擾人家渡假，還厚臉皮的白吃白喝，這不算，更引來「同事女友的姊姊的公公和親戚們」一起來湊熱鬧。雖然達霖收到了個紅包，但與被破壞的遊興及額外付出的精力相比，實是不成正比。這並非嚴重錯誤，卻免不了有些違和。

除此之外，在部份的篇章中，呂仁也難逃許多作者熱愛自我表達的弊病，有些時候達霖與月理的言談太過枝節散漫，於是讀者將意識到那不是角色在說話，而是作者在背後發言——儘管由於小說中洋溢著的幽默，使得那樣的散漫不會太過明顯，甚至顯得有些可親可愛，但一旦兩人你儂我儂的閃光黯淡下去，那些瑣絮就極容易令人感到不耐——好吧，我又要舉〈上行列車〉作爲例子了，我眞希望月理可以在達霖滔滔不絕地在旁白中闡釋都市鄉巴佬理論時跳出來給他幾個白眼。這個觀點本身頗爲有趣，但缺乏修剪的結果，則極易令人感到不耐。

儘管呂仁的作品在這些細節中仍有可改進之處，但總體觀之，仍是瑕不掩瑜。這些作品像油桐樹初初抽芽，新綠瀰漫。而那總也讓我期盼著他可以持續創作，迎向花開時節。

▼**路那**，本名王品涵，台灣大學台灣文學研究所畢、台灣大學推理小說社社員。剛寫完一本跟臺灣推理小說相關的碩士論文，主題是〈跨國文本脈絡下的臺灣漢文犯罪小說研究（一八九五至一九四五）〉，覺得有些精疲力竭。

發表索引

釀文學12　PG0549

桐花祭
——呂仁推理小説集

作　　者　呂　仁
責任編輯　黃姣潔
圖文排版　陳宛鈴
封面設計　陳佩蓉

出版策劃　釀出版
製作發行　秀威資訊科技股份有限公司
114 台北市內湖區瑞光路76巷65號1樓
電話：+886-2-2796-3638　傳真：+886-2-2796-1377
服務信箱：service@showwe.com.tw
http://www.showwe.com.tw
郵政劃撥　19563868　戶名：秀威資訊科技股份有限公司
展售門市　國家書店【松江門市】
104 台北市中山區松江路209號1樓
電話：+886-2-2518-0207　傳真：+886-2-2518-0778
網路訂購　秀威網路書店：http://www.bodbooks.com.tw
國家網路書店：http://www.govbooks.com.tw
法律顧問　毛國樑　律師
總 經 銷　聯合發行股份有限公司
231新北市新店區寶橋路235巷6弄6號4F
電話：+886-2-2917-8022　傳真：+886-2-2915-6275

出版日期　2011年5月　BOD一版
定　　價　300元

Printed in Taiwan

國家圖書館出版品預行編目

桐花祭：呂仁推理小說集 / 呂仁著. -- 一版. -- 臺北市：
釀出版, 2011.05
面； 公分. --（釀文學 ; PG0549）
BOD版
ISBN 978-986-6095-13-9（平裝）

857.81 100006088

讀者回函卡

感謝您購買本書，為提升服務品質，請填妥以下資料，將讀者回函卡直接寄回或傳真本公司，收到您的寶貴意見後，我們會收藏記錄及檢討，謝謝！如您需要了解本公司最新出版書目、購書優惠或企劃活動，歡迎您上網查詢或下載相關資料：http:// www.showwe.com.tw

您購買的書名：________________________________

出生日期：________年________月________日

學歷：□高中(含)以下　□大專　□研究所(含)以上

職業：□製造業　□金融業　□資訊業　□軍警　□傳播業　□自由業
　　　□服務業　□公務員　□教職　□學生　□家管　□其它____

購書地點：□網路書店　□實體書店　□書展　□郵購　□贈閱　□其他

您從何得知本書的消息？

□網路書店　□實體書店　□網路搜尋　□電子報　□書訊　□雜誌
□傳播媒體　□親友推薦　□網站推薦　□部落格　□其他________

您對本書的評價：(請填代號　1.非常滿意　2.滿意　3.尚可　4.再改進)

封面設計____　版面編排____　內容____　文／譯筆____　價格____

讀完書後您覺得：

□很有收穫　□有收穫　□收穫不多　□沒收穫

對我們的建議：________________________________

____

____

____

請貼
郵票

11466
台北市內湖區瑞光路 76 巷 65 號 1 樓

秀威資訊科技股份有限公司 收

BOD 數位出版事業部

(請沿線對折寄回,謝謝!)

姓　　名:＿＿＿＿＿＿＿＿ 年齡:＿＿＿＿ 性別:□女　□男

郵遞區號:□□□□□

地　　址:＿＿＿＿＿＿＿＿＿＿＿＿＿＿＿＿＿＿＿＿＿

聯絡電話:(日)＿＿＿＿＿＿＿＿＿＿ (夜)＿＿＿＿＿＿＿＿＿＿

E-mail:＿＿＿＿＿＿＿＿＿＿＿＿＿＿＿＿＿＿＿＿＿